NOUVELLES ARABES DU PROCHE-ORIENT

Naguib Mahfouz نجيب محفوظ

Le Caire 1975 (Sindbad, Paris) حكايات حارتنا

Zakariya Tamer زكريا تامر

Damas, 1963 ربيع في الرماد

Emile Habibi اميل حبيبي

1980 سداسية الأيام الستة

Edwar Kharrat ادوار خرّاط

Le Caire 1959 حيطان عالية

Hanane Cheikh حنان الشيخ

Beyrouth 1982 وردة الصحراء

ISBN : 978-2-266-15061-3

NOUVELLES ARABES
DU PROCHE-ORIENT

(• N. Mahfouz • Z. Tamir • E. Habibi
• E. Kharrat • H. Cheikh)

Traduction et notes
par
Boutros Hallaq
Agrégé de l'université
Maître de conférences à l'Université de Paris III
et
Yves Gonzalez-Quijano
Chargé de mission à l'Institut de monde arabe

Langues pour tous
Collection dirigée par Jean-Pierre Berman,
Michel Marcheteau et Michel Savio

ARABE

❑ Pour débuter ou tout revoir :

- 40 leçons pour parler arabe (CD)

❑ Pour se débrouiller rapidement :

- L'arabe tout de suite (CD)

❑ Langue de spécialité :

- Faire des affaires tout de suite en arabe ! (CD)

❑ Pour prendre contact avec des œuvres en langue originale :

- Série bilingue :

➨ Niveaux : ❑ facile (1er cycle) ❑❑ moyen ❑❑❑ avancé

- Nouvelles arabes du Proche-Orient ❑❑
- Nouvelles arabes du Maghreb ❑❑
- Nouvelles policières du monde abbasside ❑❑
- Les Mille et Une Nuits ❑❑

Autres langues disponibles dans les séries de la collection
Langues pour tous

ALLEMAND · AMÉRICAIN · ARABE · CHINOIS · ESPAGNOL
FRANÇAIS · GREC · HÉBREU · ITALIEN
JAPONAIS · LATIN · NÉERLANDAIS · OCCITAN · POLONAIS · PORTUGAIS
RUSSE · TCHÈQUE · TURC · VIETNAMIEN

Sommaire

Comment utiliser la série « Bilingue » ?

Cet ouvrage de la série « Bilingue» permet aux lecteurs :

• d'avoir accès aux versions originales de nouvelles d'auteurs célèbres, et d'en apprécier, dans les détails, la forme et le fond.

• d'améliorer leur connaissance de l'arabe, en particulier dans le domaine du vocabulaire dont l'acquisition est facilitée par l'intérêt même du récit, et le fait que mots et expressions apparaissent en situation dans un contexte, ce qui aide à bien cerner leur sens.

Cette série constitue donc une véritable méthode d'auto-enseignement, dont le contenu est le suivant :

• page de droite, le texte en arabe ;

• page de gauche, la traduction française ;

• bas des pages de gauche et de droite, une série de notes explicatives (vocabulaire, grammaire, rappels historiques, etc.).

Les notes de bas de page et la liste récapitulative à la fin de l'ouvrage aident le lecteur à distinguer les mots et expressions idiomatiques d'un usage courant et qu'il lui faut mémoriser, de ce qui peut être trop exclusivement lié aux événements et à l'art de l'auteur.

Il est conseillé au lecteur de lire d'abord l'arabe, de se reporter aux notes et de ne passer qu'ensuite à la traduction ; sauf, bien entendu, s'il éprouve de trop grandes difficultés à suivre le texte dans ses détails, auquel cas il lui faut se concentrer davantage sur la traduction, pour revenir finalement au texte arabe, en s'assurant bien qu'il en a maintenant maîtrisé le sens.

Principales abréviations utilisées dans les notes

acc.	accompli
adj.	adjectif
adv.	adverbe
ar. dial. ar.	arabe dialectal
mod.	arabe moderne
Δ	attention à…
attr.	attribut
cas dir.	cas direct
cas ind.	cas indirect
cf.	confer, voir
c.o.d.	complément d'objet direct
compl. dét.	complément déterminé
expr.	expression
fém;	féminin
f.f.	faisant fonction de = fait fonction de…
inacc.	inaccompli
indét.	indéterminé
intrans.	intransitif
inv.	invariable
litt.	littéraire
m. à m.	mot à mot
masc.	masculin
nég.	négatif
p. act.	participe actif
p. pas.	participe passif
phr. nom.	phrase nominale
phr. ver.	phrase verbale
plur.	pluriel
pop.	populaire
prép.	préposition
prés.	présent
pron. pers.	pronom personnel
sing.	singulier
sub.	subjonctif
subst.	substantif
suj.	sujet
syn.	synonyme
v.	verbe
◇	vocalisation

⇒ Dans les notes, la traduction littérale (m. à m.) d'une phrase ou d'une expression est présentée entre guillemets.

POUR UNE LECTURE NON-VOCALISEE

Seule la lecture non vocalisée permet d'accéder au livre réel. Nous prenons ici le parti d'y préparer progressivement le lecteur. C'est ainsi que les voyelles se réduiront peu à peu jusqu'à disparaître au fur et à mesure que le lecteur apprendra à identifier certaines formes morpho syntaxiques et qu'il retiendra certaines formes invariables. Pour y aider, nous précisons ici les quelques principes qui ont régi notre manière de vocaliser tout en rappelant certaines règles élémentaires.

R1 - De très nombreux mots commencent par une lettre affectée d'un ـَ . Celle-ci ne sera généralement pas notée. Nous ne signalerons que la ـُ et la ـِ , sauf quand cela ne s'impose pas : سجْن , *prison* ; عُمَر , *Omar* ; يُسْمَع , *il est entendu* ; mais عمل (عَمَل), *travail* et نور (نُور), *lumière*. En cas d'ambiguïté nous noterons la voyelle quelle qu'elle soit : بَيت , *maison* .

R2 - Avant une ة , la voyelle est forcément un ـَ . Celle-ci ne sera pas notée : حارة , *quartier* ; نزْوة *caprice* et زاوية , *angle* se lisent forcément : حارَة ، نَزْوَة et زاوِيَة .

R3 - Lorsqu'il ne comporte pas un suffixe désinentiel يـنَ (ونَ ، et نَ) , le v. inaccompli (مضارع) porte comme voyelle finale : ـُ à l'indicatif (مرفوع) , ـَ au subj. (منصوب) et ـْ à l'apocopée (مجزوم). Nous ne signalerons, et dans la mesure du nécessaire, que les deux derniers cas : حتّى يسألَه (subj.) et لم يتزوَّجْ

(apocopée), tandis que nous écrirons يخرج (يخرُجُ)

R4 - La voyelle finale du v. à l'accompli (ماضي) est imposée par la conjugaison : ـْ avant la désinence des 1re et 2e pers. (ذهَبْتُ ، ذهبْتُم ...), ـَ à la 3e pers. du sing. (ذهبَ et ذهبَتْ). Cette voyelle ne sera habituellement pas signalée.

R5 - Si une lettre ne porte pas de voyelle, c'est que celle-ci est soit susceptible d'être devinée (نور --> نُور), soit bien connue (خالد --> خالد), soit donnée par la forme du mot (يخرج --> يَخْرُج), voir aussi gram. 2, 5 et 8 en annexe. Enfin il peut encore s'agir d'un ـْ .

Noter : Il faut prendre soin évidemment d'élaguer le mot de tout préfixe (particules s'adjoignant au mot) : سَ ، لِ ، بِ ، فَ ...

Ces règles ne seront pas suffisantes pour éviter que le lecteur débutant ne commette quelques erreurs de lecture. Nous avons choisi d'encourir ce risque, estimant qu'il était moins grave que celui qui aurait consisté à entraver la lecture et à bloquer les processus d'apprentissage individuel par un recours systématique à la vocalisation.

Agrégé d'arabe et titulaire d'un doctorat de 3e cycle Boutros Hallaq est actuellement professeur à l'université de Paris III. S'intéressant à la pédagogie de l'arabe et à la littérature, il a déjà publié plusieurs ouvrages dont *40 leçons pour parler arabe* et de nombreuses études et articles d'encyclopédie (Larousse, *Dictionnaire universel des littératures*) portant sur la littérature arabe moderne.
Il dirige, chez Actes Sud, la publication d'une *Histoire de la littérature arabe moderne*.

Diplômé de sciences politiques, Yves Gonzalez-Quijano est également arabisant. Auteur de plusieurs études portant notamment sur l'immigration en France et les sociétés du Proche-Orient, il est actuellement chargé de mission à l'Institut du monde arabe.

NOUVELLES ARABES DU PROCHE-ORIENT

NAGUIB MAHFOUZ نجيب محفوظ

Depuis plus de quarante ans, le nom de Naguib Mahfouz domine la scène littéraire arabe. Nouvelliste par moments, il s'est d'abord imposé comme romancier. C'est avec lui que le roman dit «classique» semble avoir trouvé sa forme adéquate. Né en 1912 à Sayyidna al-hussayn, un quartier populaire du vieux Caire, licencié en philosophie, il se consacre très tôt à son œuvre littéraire, en marge de sa vie de fonctionnaire. Après quelques tentatives dans le roman historique relatif à l'ancienne Égypte, il opte pour le roman dit «réaliste». Entre 1939 et 1952, date de la révolution nassérienne, il écrit six romans dont la célèbre trilogie qui ne sera publiée qu'en 1956-1957, après une longue période de crise. Cette trilogie qui porte sur la société urbaine du vieux Caire, entre les deux guerres, fait franchir au roman arabe une étape décisive et apporte à Mahfouz la consécration.

Après 1959, c'est la société façonnée par la politique nassérienne qui lui inspirera une œuvre où prédominent parfois la nouvelle et une certaine tendance au symbolique. Il traite du mal-vivre de la jeunesse, des méfaits de la répression, du sentiment de l'absurde né de l'évanouissement des grands rêves suscités par la révolution, sans que ne soit absente une certaine réflexion métaphysique. Son écriture en sera modifiée, surtout à partir de 1962, date de publication de al-liss wa-I-kilâb, *Le Voleur et les chiens*.

Souvent comparée à celle de Zola, son œuvre fut en grande partie portée à l'écran et traduite en plusieurs langues dont le français : *Impasse des deux palais* et *Le Palais du désir* (éd. Lattès) ; *Passage des miracles* et *Le voleur et Les chiens* (éd. Sindbad). Il est prix Nobel de littérature 1988.

Les deux nouvelles traduites ici ont pour cadre le vieux Caire de l'entre-deux-guerres.

وِلادة وَلِيّ [1]

Un Saint est né

Cette nouvelle correspond au récit 69 de حِكايات حارَتِنا , Histoires de notre quartier (1975).

1 - وِلادة وَلِيّ : «*La naissance d'un saint*», وَلي correspond, dans la tradition musulmane, à قِدّيس dans la tradition chrétienne.

De rares fois, il sort dans le quartier. Quand il sort, il va d'un bon pas, l'œil prudent et craintif, l'oreille sourde aux malédictions mais bien ouverte à tout ce qui peut lui être utile. Il ne franchit pas la galerie intérieure et ne rend pas visite aux tombes. Il vit seul, dans un «badroum» . Il ne s'est pas marié et n'obéit à aucun instinct. Il prête à usure... On l'appelle Abou al-Makarem .

---

1 - نادراً : *rarement.* Forme adverbiale qui est toujours suivie de ما lorsqu'elle est placée devant un v.

2 - حارة : syn. حَيّ ou حَوْمَة au Maghreb . <> La voyelle qui précède une ة est forcément la ـَ (cf. p. 8, R2). Se reporter le plus souvent possible à ces règles ainsi qu'à Gram. 2 (p. 195). Si vous avez la version sonore, reportez-vous-y pour la lecture de ce passage (p. 204).

3 - لحاجَة : *«pour une affaire, un besoin.»*

4 - يَمْضي مُهَرْوِلاً : *«il va en avançant d'un bon pas.»* مُهَرْوِلاً au cas dir. car حال (compl. de manière, cf. gram. 1a) .

5 - في عَيْنَيْه حَذَرٌ ... : *« dans ses deux yeux, prudence et crainte. »* Au cas suj. car مُبتَدَأ (suj.) d'une phr. nom. inversée (cf. gram. 9b, p. 201) ; tournure qui correspond à *il y a.*

6 - في أُذُنَيه صَمَمٌ : *«dans ses deux oreilles de la surdité ; il les ferme devant la profération de la malédiction.»* Δ au duel dans أُذُنَيْه : le ن final est tombé à cause du pron.

نادِراً[1] ما يَخرُج الى الحارة[2] ، وإذ يَخرُج لِحاجة[3] يَمضي مُهَرولاً[4] ، في عينَيْه حذر[5] وتَوَجُّس ، في أُذُنَيْه صَمَم[6] : يُغْلِقُهُما دُونَ اللَعْن ويفتَحهُما لِما يَنْتَفِع بِهِ[7] . لايَخْتَرِق القَبْوَ[8] ، لا يزور المقابِر[9] . يعيش وَحيداً في بَدْروم[10] ، لَم يَتَزَوَّج ، لم يُذْعِن لِنَزْوة ، يقْرِضُ النُّقود بالرِّبا[11] ، يُدْعى أبو المكارِم[12] .

---

affixe ـه . (Cf. aussi note 5.)

7 - ... بِـه : les pron. affixes هُ ، هُما et هُم se prononcent هِ ، هِما et هِم après une ـِ ou un ي .

8 - القَبْو : il s'agit, dans le vieux Caire, d'un vestibule traversant les édifices, au niveau du rez-de-chaussée, et menant à l'extérieur du quartier. Ne pas l'emprunter, c'est rester chez soi .

9 - مقابِر : pl. de مَقْبَرة , *cimetière*. Ne pas faire la visite du cimetière (qui a lieu une fois par an), c'est, ici, faire preuve d'asociabilité.

10 - بَدْروم : désigne une chambre ou un studio dans le sous-sol d'un immeuble moderne. Ce terme, peut-être d'origine anglaise, connote un endroit sombre et exigu.

11 - ربا : *usure*. Rappelons que celle-ci est interdite par le Coran .

12 - أبو المَكارِم : *«le père des bienfaits.»*

Les gens le maudissent mais vont le trouver quand la nécessité s'en fait sentir. A soixante-dix ans, il a amassé une fortune considérable et cesse de travailler. Il se met à changer. D'étranges symptômes se manifestent. On le voit à travers la fenêtre de son «badroum» assis par terre en tailleur, face au mur. Des heures passent sans qu'il ne bouge...

Un soir, il va trouver l'imam et reste planté devant lui, silencieux, jusqu'à ce que l'imam lui demande :

– Qu'est-ce qui amène Abou al-Makarem ?

– J'ai fait un rêve ! déclare-t-il sans aucun préambule.

---

1 - ... يبلُغ : *«il atteint les 70 en âge.»* <> Dans ce v., comme tout v. de forme I il suffit de connaître la voyelle de la 2e radicale pour bien lire (cf. gram. 2, p. 195). Désormais seule celle-ci sera signalée.

2 - ... يتَجَمَّع لَدَيْه : *«il s'amasse chez lui de l'argent abondant .»*

3 - ... يتَغيَّر : *«son état change.»*

4 - Δ à la voie passive يُرى , *il est vu.*

5 - وهُوَ : ce و n'est pas de coordination ; il introduit une phr. حال (cf. gram. 1a) *«alors qu'il est assis...»* Les deux phrases suivantes sont également حال ; noter l'absence de coordination entre elles.

يلْعَنهُ النّاس ولكنَّهم يقْصدونَه عنْد الضَّرورة .

ويبلُغ[1] السَّبعينَ مِنَ العُمْر ، يَتَجَمَّع[2] لَدَيْهِ مال وفير ، ثُمَّ يكُفّ عَنِ العَمَل .

يَتَغَيَّر[3] حالُه ، تظهَر علَيْهِ أعْراض غَريبة ، يُرى[4] من نافذة البَدْروم وهو[5] مُتَرَبِّع على الأرض ، مُسْتَقبِلاً[6] الجِدار بِوَجْهِه[7] ، تمضي السّاعات وهُو لا يَتَحرَّك ..

ويذهَب ذاتَ مَساء[8] إلى الإمام فَيَقِف أمامَه صامِتاً حَتَّى يسألَه الشَّيْخ .

– لماذا[9] جاء أَبو الـمَكارِمِ ؟

فَيقول بلا مُقَدِّمات :

– حلِمتُ[10] حُلْماً ..

---

6 - ... مُسْتَقْبِلاً : *«accueillant le mur de son visage.»*

7 - بِوَجْهِه : le posses. est ici ـهِ (et non pas ـهُ) car précédé par une kasra (cf. note 6, p. 14).

8 - ذاتَ مَساء : *«un certain soir .»* ذات est suivi d'un compl. de nom .

9 - ... لماذا : *«pourquoi Abou al-Makarem est-il venu ?»*

10 - ... حلِمْتُ : *«j'ai rêvé un rêve »* <> cf. gram. 2.

Il ajoute en réponse à une nouvelle question : Quelqu'un est venu me trouver en rêve et m'a ordonné de brûler ma fortune jusqu'à la dernière pièce.

L'imam esquisse un sourire : Dieu veuille que ce soit un bon présage !

– Mais cela se répète nuit après nuit !

– A quoi ressemble le visiteur ?

– Je ne sais pas, mes paupières restent hermétiquement closes en sa présence.

– A cause de son aspect lumineux ? demande l'imam, devenu attentif.

– Je crois...

– A-t-il précisé qui il était ?

– Pas du tout !

---

1 - ... فيسألُهُ : *«il l'interroge à son sujet, alors il dit. »*

2 - ... جاءَني : *«une personne m'est venue. »*

3 - ... ربُّنا : *«que Notre Seigneur le rende bénéfique»*. Ici, le v. à l'inacc. exprime le souhait. La tournure plus courante serait : ... فَلْيَجعَلْهُ ربُّنا .

4 - يَتَكرَّر : v. à la forme V. Sa vocalisation est simple : toutes les lettres portent la fatha. Sont de la même forme les v. cités plus haut : يتزوَّج ، يتجمَّع ... Désormais, la fatha sur la chadda suffira à orienter la lecture.

5 - ... ما شَكْل : « *quel est l'aspect de ce visiteur.*»

فيسأَله[1] عَنهُ فيَقول :

– جاءَ نـي[2] شَخْص في المَنام وَأمَرني بأن أحرِق مالي عَن آخرِه !

فَيَبتَسِم الإمام ويقول :

– ربُّنا[3] يجعَلُه خَيْراً .

– ولكنَّه يتَكرَّر[4] لَيْلةً بعد أُخْرى !

– ما شَكْل[5] ذلكَ الزّائر ؟

– لا أَدري ، جفْنايَ[6] ينْطَبِقان في حضْرَتهِ .

فيسأَله الإمام باِهْتِمام[7] :

– من نورِه ؟

– أظُنّ ذلك ..

– هل أَعْلَن[8] عَن هُوِيَّتهِ ؟

– كلاَّ .

---

6 - ... جَفْنايَ : *«mes deux paupières se referment... »*. جَفن au duel جفنان , le ن final tombe si le mot est suivi d'un compl. de nom ou d'un pron. affixe, comme ici. Celui-ci, renvoyant à la 1re pers., prend ici une fatha pour des raisons phoniques.

7 - باِهْتمام : « *avec intérêt.*» Δ à cause de la wasla, il se prononce : bihtimam.

8 - ... هل أعلَن : « *a-t-il fait une déclaration au sujet de son identité.*»

L'imam reste silencieux un long moment puis il reprend :

– Peux-tu faire l'aumône de ta fortune aux pauvres?

L'autre lui jette un regard soupçonneux puis s'en va.

Un jour d'été, alors que le sol et les murs sont embrasés par un soleil brûlant, l'attention des gens est attirée par une fumée qui s'échappe de la fenêtre du « badroum » d'Abou al-Makarem. Ils se précipitent à la fenêtre et voient Abou-al-Makarem, debout, entièrement nu, tandis que les flammes dévorent sa fortune.

Après cela, il se met à errer çà et là, nu. Il ramasse de quoi manger parmi les tas d'ordures et se terre dans l'obscurité de la galerie intérieure. C'est là qu'on le retrouve un jour, mort. On l'enterre alors dans la fosse commune.

- أ : particule d'interrogation qui appelle, souvent, une réponse affirmative.

2 - تتصدّق : cf. note 4, p. 18.

3 - ... فيرمُقه : *« alors il lui jette un regard de façon soupçonneuse.»*

4 - يَوْم من أيّام : expres. figée, *«un jour des jours »* . ذات donne une nuance d'indétermination : *un beau jour*.

5 - وأديمُ : ce و n'est pas de coordination ; il introduit une phr. حال (cf. gram. 1) .

6 - يتنبّه : forme V. Cf. note 4, p. 18.

7 - يَتَصاعد : noter l'absence de relatif après un antécédent indét.

فَيصمُت الإمام مَلِيًّا ثُمَّ يقول :

– أَتستَطيع [1] أَن تتصدَّق [2] بِمالِك عَلى الفُقَراء ؟

فَيرمُقه [3] بِريبَة ثُمَّ يذهَب .

وذاتَ يَوْم [4] من أَيّام الصَّيف ، وَأَديم [5] الأَرْض والجُدْران تشتَعل بِنار الشّمْس المُحْرِقة ، يتنبَّهُ [6] النّاس إلى دُخّان يتَصاعَد [7] من نافِذة بَدروم أَبو المكارِم . يهرَعون إِلى النّافذة فيرَوْنَ أَبو المكارِم واقِفاً ، عارِياً تَماماً ، والنّار [8] تشْتَعل في ماله ..

ويَهيم [9] بعْدَ ذلكَ على وجْهه عارِياً ، يلْتَقط الطَّعام من أَكْوام القُمامَة . ثُمّ يقبَع [10] في ظُلْمَة القَبْو . ويُعْثَر [11] عَلَيْهِ يَوماً مَيِّتاً تَحتَ القَبو ، فيُدْفَن في قُبور الصَّدَقة [12] .

---

8 - والنارُ ... : « *le feu s'embrase dans son argent*.» Phr. حال (cf. gram. 1 p. 224).

9 - يَهيم على وَجْهه : expression figée : «*il erre sur son visage*.»

10 - يقبَع في ... : « *il s'enfonce dans l'obscurité de...* »

11 - يُعْثَر : comme يُرى (note 4, p. 16) et يُدفَن *infra* : à la voix passive. Rappelons que l'inacc. passif porte toujours une ـُ sur sa 1re lettre et une ـَ sur l'avant-dernière.

12 - قُبور الصدَقة : «*les tombes de l'aumône*.» Il s'agit de tombes édifiées par des bienfaiteurs et destinées aux pauvres et aux étrangers.

Un notable fait un rêve. Sayyidna al-Khidr vient le voir et l'informe de ce qu'Abou al-Makarem est un saint. Il est chargé – lui, le notable – d'élever un mausolée sur sa tombe.

L'homme fait élever le mausolée. Avec le temps, les souvenirs d'Abou al-Makarem s'estompent et il ne reste plus que l'image d'un saint...

J'interroge mon père : comment le notable en question a-t-il su que c'était Sayyidna al-Khidr qui venait le voir en rêve ?

– Peut-être le lui a-t-il précisé, me répond-il.

– Si Abou al-Makarem avait été réellement un saint, n'aurait-il pas mieux valu qu'il fasse l'aumône de sa fortune aux pauvres ?

1- سَيِّدنا الخضْر : initiateur de Moïse (cf. sourate 18), الخِضر *«le verdoyant »* est aussi le guide ultime de la communauté au jugement dernier.

2 - ... وَليٌ : *«un saint des saints de Dieu.»* Cette répétition est une tournure fréquente.

3 - الولاية : « *le fait d'être saint, le statut de saint.*» C'est le suj. du v.

4 - مَنام : *rêve* . Syn. : حُلْم .

5 - لَعَلَّ : *peut-être que* fonctionne comme إنَّ . Forme classique, souvent remplacée par رُبَّما dans l'usage moderne.

ويرى أحَد الأعْيان حلْمًا : يزوره سيِّدنا الخضْر[1] ويبلِّغهُ أنَّ أبو المكارِم ولِيّ[2] من أوْلياء اللّه ، وأنَّهُ – العَيْن – مُكلَّف بإقامة ضريح فوْق قَبْره .

ويُقيم الرّجُل الضّريح ، وبِمُرور الزمَن تتلاشى ذِكْريات أَبو المكارم وتبْقى لَهُ الوِلاية[3] ..

وأسأَل أبي :

– وكَيْف عرَف الوَجيهُ أنّ سيِّدَنا الخِضْر هُو الَّذي زارهُ في المَنام[4] ؟

فيُجيبُني :

– لَعَلَّهُ[5] صارَحهُ[6] بِذلِكَ .

فَأسأَل :

– لَوْ[7] كان أَبو المكارِم وَلِيًّا[8] حَقًّا ألم[9] يكُن الأفْضَل أن يتصدَّق[10] بماله على الفُقَراء ؟

---

6 - صارَحَهُ : « *il lui a dit ouvertement.*»

7 - لَو : introduit toujours une phrase exprimant une condition qui n'est pas ou n'est plus réalisable. A ne pas confondre avec إنْ ou إذا .

8 - وَلِيّاً : est au cas direct car attribut (خَبَر) de كان (cf. gram. 9c).

9- ألَم : composé de l'interrogatif أ et de لم particule de جزْم (apocopée).

10 - يتَصَدَّق : noter cette forme verbale déjà vue en note 4, p. 18.

– Dans ce cas-là, on le considérerait comme un bienfaiteur, pas comme un saint !

Puis mon père reprend, après un silence :

– La leçon, c'est le rêve. Dieu lui a fait don d'un rêve. En as-tu un, toi, de rêve, comme lui ?

---

1 - حال : ici est fém. alors que plus haut il était masc. Quelques mots peuvent être utilisés au masc. ou au fém. : طريق *route*, سوق *marché*, زُقاق *ruelle*.

2 - مُحسناً : est au cas direct car حال (cf. gram. 1).

3 - ... العِبْرة بالعِلْمَ : comme de nombreux peuples, les Arabes ne voyaient pas dans le rêve l'expression de conflits intérieurs mais une manifestation supra-humaine : divine ou diabolique.

4 - لَقَد : souvent intraduisible, placé devant un v. acc. , il peut apporter une nuance d'insistance.

5 - .. مَنَّ بِـ : « *donner gratuitement* », d'où منّان qui est attribut divin.

– في تلْكَ الحال [1] كُنَّا نعُدُّه مُحْسِناً [2] لا وَليًّا !

ثُمّ يستَطْرِد بَعد صَمْت :

– العِبْرة بالحلْم [3] ، لَقَد [4] مَنَّ [5] اللّه علَيْه بحلُم ، فَهل تملِك أنتَ حُلماً مِثْلَه ؟

"بَسِّ تعشَق ليه ؟"[1]

Pourquoi donc tomber amoureux ?

Cette nouvelle correspond au récit 44 de حكايات حارتِنا .

1 - Cet énoncé est en dialectal égyptien. L'arabe littéraire dirait : فلَماذا إذن تعشَق ؟ . Le v. عشِق connote un amour passion. A distinguer donc de أحَبَّ .

C'est une histoire qu'on raconte à propos d'une époque ancienne que je n'ai pas connue.

La *zaouia* venait d'être construite et son imam à cette époque était Cheikh Amal al-Mahdi.

Le cheikh était monté à la plate-forme supérieure du minaret pour appeler à la prière de l'aube quand son attention fut attirée par une voix provenant de la maison qui faisait face à la *zaouia*. Il tourna son regard dans cette direction et vit une femme ouvrir la fenêtre puis un homme lui couvrir la bouche de sa main pour l'empêcher d'appeler à l'aide. Ensuite, il l'entraîna vers l'intérieur, sous la lumière de la suspension à gaz et il l'accabla de coups en la frappant avec quelque chose qu'il tenait à la main, jusqu'à ce qu'elle s'effondre comme une masse. Il reconnut la femme, tout comme il reconnut l'homme.

---

1 - تُرْوَى : v. à la forme passive, «*est racontée*». Noter l'absence de relatif après un antécédent indét.

2 - أَشْهَدْهُ : après لم le v. est مجزوم (apocopé) : ici un ـْ sur la dernière lettre. Remarquer par ailleurs la vocalisation de ce v. de forme I (cf. gram. 2).

3 - كانت : la ـِ finale remplace le ـْ, pour faciliter la liaison.

4 - زَاوِيَة : au sens propre : *angle, coin*. Au figuré : *confrérie religieuse, monastère, loge*. Ici : *oratoire*.

5 - حَدِيثَةَ البِنَاءِ : « récente de construction », tournure très courante. Noter que le 2e terme est compl. de nom, donc مجرور (cas ind.).

6 - ... إِمَامَهَا : il porte la ـَ car خَبَر (attr.) de كان (suj. الشَّيْخُ).

7 - صعد : <> ce v. se lit صَعَدَ (cf. p. R4, p. 9).

هذه حكاية تُرْوَى [1] عن عهْد قديم لم أشهَدْه [2] .

كانَت [3] الزّاوِيةُ [4] حَديثةَ البِناء [5] وكان إِمامَها [6] وَقْتَذاكَ الشَّيْخُ أَمَل المَهْدِيّ . صعد [7] الشَّيْخ إِلى شُرْفة المئْذَنة لِيُؤَذِّنَ [8] للفَجْر [9] فَانْتَبَهَ إِلى صَوْت يصدُر عن البَيت المُواجِه للزّاوية . مدَّ بصرَه نَحوَه فرأى إِمْرَأَةً تفتَح النّافذة ورَجُلاً يُطْبِق يدَه على فيها [10] ، ليمنَعَها [11] من الإِسْتغاثة ، ثُمّ يجذبُها إِلى الدّاخل تحتَ المصْباح الغازيّ المُضيء ، ثُمَّ يَنْهال علَيها ضَرْباً بِشَيء في يَدِهِ حَتّى تهاوَت ساقِطة [12] . عرَف المَرْأة كَما عرَف الرَّجُل .

Reportez-vous le plus souvent possible à ces règles de lecture ainsi qu'à gram. 2. Si vous avez la version sonore, aidez-vous-en pour la lecture de ce passage.

8 - لِيُؤَذِّنَ . لِـ : *pour que* gère le منصوب (subj.), d'où la ـَ .

9 - لـ + الفَجر : devient لِلْفَجر (suppression du ا de l'article). الَفَجْر , c'est la 1re des cinq prières de la journée.

10 - فيها : syn. de فَمِها . Ne s'utilise que suivi d'un pron. pers. et s'écrit : فو au cas sujet, فا au cas dir. et في au cas indir. (cf. ذو ، أبو ، أخو).

11 - يَمنَعَها : v. منصوب du fait de لِـ (cf. note 8).

12 - تَهاوَت ساقِطةً : «*elle s'affaissa en tombant.*»

La femme, c'était Sett Sakina, la veuve d'un gargotier. Quant à l'homme, il s'agissait du *mouallem* Mohamed al-Zamr, patron d'un dépôt de bois.

Cheikh Amal al-Mahdi resta cloué sur place, se drapant dans les ténèbres, parcouru par des frissons de peur, jusqu'à ce que le *mouallem* ferme la fenêtre .

– Il a mis fin aux jours de la femme, murmura-t-il alors.

Sa voix l'ayant trahi, il ne put appeler à la prière de l'aube.

Un assassinat ! Qu'est-ce qui avait pu amener le *mouallem* chez la veuve à une heure pareille ? Il y avait bien plus qu'un simple crime ! Aie pitié de nous, Seigneur des cieux et de la terre !

---

1 - أمّا ... فَـ . Donc فَـ vient après un mot ou un groupe de mots mis en valeur par أمّا .

2 - ستّ : dial. *dame* . Equivalent litt. سَيِّدة .

3 - صاحب مَقْلَى : «*propriétaire d'une friterie.*»

4 - مُعَلِّم : *maître* . Se dit souvent du maître artisan pour le distinguer de l'apprenti.

5 - تَسَمَّر : à l'inacc. يَتَسَمَّر (forme V).

6 - مُرْتَعِدَ الفَرائص ... : « *frissonnant des veines du cou*» (cf. note 28). Ne pas oublier la ـَ sur le 1er mot, car حال (cf. gram. 1) .

7 - راح يُتَمْتِم : noter l'absence de conjonction entre les deux v., le 1er f.f. d'auxiliaire (cf, gram. 3).

أمّا[1] المَرْأة فَهِي ستّ[2] سَكينة أرْمَلة صاحب مَقْلى[3] ، وأمّا الرّجل فَهو المُعَلِّم[4] مُحمَّد الزَّمْر صاحِب وِكالة خَشَب .

تسمَّر[5] الشيخ أمل المَهديّ فـي مكانه مُتَدَثِّراً بالظَّلام ، مُرْتَعد الفَرائص[6] من الرعب ، حتّى أغْلَق المُعَلِّم النّافذة . وراح يُتَمْتِم[7] :

– لَقد قَضى على المَرْأة .

وَخانَهُ صَوتُه فلَم يَستَطِعْ[8] أن يُؤَدِّيَ[9] الأذان .

جَريمة قَتْل . ماذا أوْجَد[10] المُعَلِّم في هذه السّاعة بِبَيت السِّت ؟ توجد أَكْثَر من جريمة . اِرْحَمْنَا يا رَبَّ[11] السَّماوات والأرْض !

---

8 - يَسْتَطِعْ : la voyelle longue d'un v. s'abrège si elle précède immédiatement le ْ de l'apocopée :
لم يستَطِعِ <— لم + يستَطيع

9 - يُؤَدِّيَ : v. au منصوب car précédé par أن ; porte la َ finale. *«Procéder à l'appel à la prière.»*

10 - ... ماذا أوْجَد : *«qu'est-ce qui a fait se trouver le mouallem.»*

11 - ربَّ : est au cas direct (vocatif suivi d'un compl. de nom).

Il descendit péniblement l'escalier en colimaçon puis s'assit à même le sol, adossé au *minbar*. Les premiers fidèles arrivèrent. Effrayés de le voir dans un pareil état, certains lui demandèrent :

– Pourquoi ne t'avons-nous pas entendu, Cheikh Amal ?

– Je suis malade, répondit-il en haletant, Dieu seul sait la vérité !

C'était le *mouallem* Mohamed al- Zamr qui avait fait don de l'argent nécessaire à la construction de la *zaouia* et c'était lui qui avait choisi Cheikh Amal comme imam et qui lui fixait son salaire. Le Cheikh se rappelait cela et se disait à lui-même :

– Quelle épreuve difficile m'a envoyée le seigneur des mondes !

---

1 - الحَلَزونيّ : *en colimaçon.* L'épithète est dit de nisba, النسبة. Celle-ci s'obtient en ajoutant un يّ (ou يّة pour le fém.) au nom حَلزون *colimaçon.*

2 - ... راكنًا : *«appuyant au mur son dos.»*

3 - ... وجاءَ : *«les premiers priants vinrent ; son aspect les effraya.»* Remarquer que le v. placé avant un suj. au plur. garde le sing.

4 - لِمَ : concentration de لما , 1re partie de لماذا .

5 - بي مَرَضٌ : *«j'ai (en moi) une maladie.»* Phr. nom. inversée (cf. gram. 9b) . Δ مرض doit se mettre au cas suj.

6 - وَاللّه أعْلَمُ : *«et Dieu est plus connaisseur. »* S'utilise pour marquer un doute, une ignorance ou pour cacher quelquechose, comme ici.

وهبَط السلَّم الحلَزونيّ[1] بِمَشَقَّة ثُمّ جلَس على الأرض راكناً[2] إلى المنبَر ظَهْرَه . وجاء[3] أَوَائِلُ المُصلّين فهالَهم مَنْظَره وَسأَله بَعضُهم :

– لِمَ[4] لَم نسمَعْ صَوتَك يا شَيخ أَمَل ؟

فأجاب لاهثاً :

– بي مَرَض[5] ، والله أَعْلَم[6] !

وكان المُعَلِّم محمَّد الزَّمر هُو مَن تبرَّع[7] بِبِناء الزّاوِية ، وهو الَّذي إِخْتار[8] الشَّيخَ إِماماً لها وَرَتَّبَ لَهُ أَجْره . تذكَّر الشَّيخ ذلك فقال[9] يُخاطِبُ نَفْسَه :

– يا لَهُ مِن[10] إِمْتِحَان عَسير من رَبِّ العالَمين !

---

7 - تَبرَّع : comme تذكَّر (*supra*), forme V: تَفَعَّل —› يَتَفَعَّل
Δ il n'y a que des َ (cf. note 4, p. 18).

8 - اخْتار : Δ la wasla ne se prononce pas; lire : al-la<u>d</u>i-<u>h</u>tàra. Par ailleurs, ce v. régit deux c.o.d. qui se mettent au منصوب .

9 - ... فقال : « il a dit s'adressant à lui-même.» Noter que ce v. peut précéder directement un v. à l'inacc.

10 - ... يا لَهُ مِن : expr. exclamative. Le pron. affixe accolé à لَـ change, bien sûr, en fonction du contexte.

Le Cheikh resta couché chez lui, trois jours durant, sans ouvrir la bouche. Les nouvelles du crime se répandirent dans le quartier et tout un chacun était au courant de ce que Sett Sakina avait été retrouvée, assassinée, dans sa chambre à coucher, en chemise de nuit. L'enquête commença et Cheikh Amal fit partie de ceux qui furent convoqués.

– N'avez-vous pas entendu un bruit ou un cri qui aurait attiré votre attention pendant que vous lanciez l'appel à la prière ? lui demanda l'enquêteur.

– J'étais malade, et je n'ai pas appelé à la prière cette nuit-là, répondit-il.

– En tant que voisin de la victime, ne connaîtriez-vous pas quelque chose à propos de ses relations avec quelqu'un ?

– C'était une femme vertueuse. Je ne suis au courant de rien.

---

1 - وَانْتَشَرَتْ : Δ la liaison se fait entre le و et نـ : wa-ntasarat (cf. note 8, p. 33) .

2 - كلّ مَن هَبَّ وَدبَّ : « *tout ce qui se lève brusquement* (comme le vent) *ou traîne lentement* (comme les reptiles)» = *tout ce qui bouge*.

3 - حُجْرَة نَوْمِها : noter qu'en arabe le possessif affecte le compl. de nom : «*la chambre de son coucher.*»

4 - واسْتُدْعِي ... : « *Cheikh Amal fut convoqué parmi ceux qui furent convoqués.* »

ورقَد الشَّيخ في بَيته ثَلاثَةَ أيّام ولم يفتَحْ فَمَه .

وإِنْتَشَرتْ[1] أَنْباء الجَريمة في الحارة فعرَف كلّ من هَبَّ وَدَبَّ[2] أَنَّ السِّت سكَينة وُجِدَت قَتيلة في حُجْرة نَومها[3] وَهي بجلْباب النَّوْم . وبدَأ التَّحْقيق ، وٱسْتُدْعِيَ[4] فيمَن ٱسْتُدْعوا الشَّيخ أَمل المَهديّ .

سأَلهُ المُحَقِّق :

– أَلَمْ تسمَعْ صَرْخة أَو صَوتاً مُلْفتًا لِلسَّمْع وأَنتَ[5] تُؤَذِّن[6] ؟

فأَجاب :

– كُنْتُ مَريضًا فَلم أُؤَذِّن تلكَ اللَّيْلة ..

– أَنتَ جار لِلقَتيل ، أَلا تعرِف شَيئًا عن عَلاقَتها بِأَحَد ؟

– كانَت سيِّدة فاضِلة و لا عِلْمَ[7] لي بِشَيء .

---

5 - ... وَأَنتَ : ce و est de حال et non pas de coordination. *«Alors que tu ...»* (cf.gram.1).

6 - تُؤَذِّن : de l'acc. أَذَّنَ forme II : فَعَّلَ --> يُفَعِّلُ (cf. gram.5).

7 - لا عِلمَ لي : « *je n'ai connaissance de rien.*» Ce لا introduit une phrase nom. comme إنَّ : son sujet se met au cas direct (cf. gram. 9c).

Le Cheikh quitta la pièce où se déroulaient les interrogatoires en se disant à lui-même : « Me voilà parmi les damnés ! »

Et il fondit en larmes, en proie à la tristesse et à l'impuissance.

Au cours de l'enquête, on découvrit le vol de quelques bijoux. Les soupçons se portèrent alors sur le commis d'un teinturier qui se rendait régulièrement à la maison de la victime. On fouilla son domicile et l'on retrouva les bijoux. Du coup, le jeune homme fut accusé du meurtre.

Tout cela paraissait fort logique, sauf pour Cheikh Amal qui suivait les nouvelles du crime avec une attention passionnée.

---

1 - ... إنّي : transposition d'un verset coranique. Noter le لَ précédant مِن ; il sert à insister (للتوكيد) « *à coup sûr* ».

2 - .. جعلَ يَبْكي : « *il se mit à pleurer fort, de tristesse et d'impuissance.* » Noter l'absence de conjonction entre les deux v., le premier faisant fonction d'auxiliaire (cf. gram. 3).

3 - سرَقةُ ... اُكْتُشِفَ : «*le vol... fut découvert.*» Le v. ne s'accorde pas en genre avec son sujet, car celui-ci ne lui est pas contigu.

4 - صَبِيّ كوّاء : « *garçon de repasseur.* » Celui-ci repasse les habits après les avoir nettoyés, d'où *teinturier*. صبيّ se dit aussi pour *apprenti*.

وغادَر الشّيخ حُجْرة المُحَقِّق وهو يقول لِنَفْسِه :
"إِنّي [1] لَمِن الهالِكين" .

وجعَل يَبكي [2] بِشدّة من الحُزْن والعَجْز .

واَكْتُشفَ [3] في أَثْناء التَّحقيق سرِقة بَعض قِطَع من الحلى ، فَحامتْ الشُّبُهات حَوْل صَبيٍّ كَوّاءٍ [4] كان يتَرَدَّد [5] على البَيت ، وفُتِّشَ [6] مَسْكَنُه فعُثِرَ على الحِلي وبذلك وُجِّهَت إِلى الشّاب تُهْمَة القَتْل .

بَدا ذلك كُلُّه [7] مَنْطقيًّا إِلاَّ عِند الشّيخ أَمل . تابَع الشيخ أنْباء الجريمة بِاِهْتِمامٍ جُنُونِيّ [8] .

---

5 - يتَرَدَّد : cf. note, p. 18.

6 - ... فُتِّش : comme les deux v. suivants, est à la forme passive : celle-ci s'obtient à l'acc. en mettant une ـُ sur la 1re lettre et une ـِ sur l'avant-dernière.

7 - ذلك كُلُّه : tournure que l'ar. clas. préfère à كلّ ذلك très utilisé en ar. mod.

8 - باهْتِمامٍ جُنُونيّ : « *avec un fol intérêt.* » Δ à la wasla. Lire : Bi-htimàmin (cf. note 8, p. 33).

Il se consumait. Un à un, ses nerfs le lâchaient. Il était fort pieux, certes, mais son courage n'était pas à la hauteur de sa piété !

A force d'angoisse et de tristesse, sa santé se dégrada et ses nerfs s'affaiblirent peu à peu.

Un jour, il rencontra devant la vieille fontaine le *mouallem* Mohamed al-Zamr qui lui serra la main comme d'habitude. A ce moment-là, il eut un haut-le-corps, comme s'il avait touché un serpent et il fixa le *mouallem* Mohamed droit dans les yeux, avec une intensité étrange, jusqu'à ce que celui-ci lui pose la question :

– Qu'as-tu, Cheikh Amal ?

– Dieu t'a vu ! s'entendit-il lui répondre.

Stupéfait, l'homme lui demanda :

– Que veux-tu dire ? Tu es malade ?

– Reconnais ton crime, assassin ! hurla-t-il.

---

1 - ... في صَميم : *«dans le plus intime de ses profondeurs.»*

2 - ... يَنْهار : *«il s'écroule nerf après nerf.»*

3 - وَرِعاً تقيّاً : *«dévot et pieux.»* Noter l'absence de coordin.

4 - لكنَّ : introduit comme إنَّ une phr. nom. dont le suj. شجاعتَه , se met au cas dir. et l'attr. (خبر) au cas suj. (cf. gram. 9c).

5 - ... وَدبَّ : *«la faiblesse envahit ses nerfs.»*

6 - ... السَّبيل : édifier une fontaine, c'est faire œuvre pieuse, tout comme construire une *zaouia*. Ce lieu est donc significatif.

7 - ... حَدَّق : la forme II فَعَّل (cf. gram. 5).

مَضى يحْتَرِق في صميم[1] أَعْماقه وينْهار[2] عصَباً بعد عصَب . كان وَرِعاً تَقِيًّا[3] ولكِنَّ[4] شَجاعَتَه كانَت دون وَرَعِه وتَقْواه .

ومِن شِدّة القلَق والحُزْن تهدَّم ودَبَّ[5] الضَعْف في أَعْصابه .

والْتَقى ذاتَ يَوْم بالمُعلِّم محمَّد الزَّمر أمام السَّبيل[6] القديم فشَدَّ على يَده كالعادة ، وعندَذاكَ إنْتَفَض كأَنَّما مَسَّ ثُعْباناً ، وحدَّق[7] فيه بقُوَّة غَريبة حتَّى تساءَل المُعلِّم : – ما لَكَ[8] يا شَيخ أَمل ؟

فوجَد[9] نَفْسه يقول :

– لَقد رآك[10] اللّه !

فدُهِشَ الرّجُل وسأَله :

– ماذا تَعني ؟ .. أنت مَريض ؟

فهتَف به :

– إعْتَرِفْ[11] بجَريمَتك يا قاتِل !

---

8 - مالَكَ : «*quoi à toi ?* » Syn. : ما بِكَ .

9 - ... وَجَد : «*il s'est trouvé dire ou disant.*»

10 - رآك : est composé de رأى + ك . Le alif maksoura, ne pouvant se trouver qu'en fin de mot, est compensé ici par la madda.

Ensuite, il se rendit en hâte à la *zaouia* et il s'y enferma à double tour en poussant les verrous. Il resta dans sa prison deux jours entiers sans répondre ni à sa famille ni à personne.

Le troisième jour, au coucher du soleil, les habitants du quartier eurent la surprise de le voir apparaître sur la plate-forme supérieure du minaret. Mais alors, quelle apparition ! Les regards restaient braqués sur lui, pleins de stupeur, les exclamations fusaient :

– Il n'y a de force et de puissance qu'en Dieu !

– Cet homme de bien est totalement nu !

– Cheikh Amal, invoque Dieu !

Il se mit à faire le tour de la plate-forme en se pavanant et en chantant d'une voix râlante :

Si tu n'es pas à la hauteur de l'amour
Pourquoi donc tomber amoureux ? ...

---

11 - اعْتَرِفْ : v. à la 2e pers. du sing. de l'imp. D'où le ـْ final.

1 - هَرْوَلَ : «*trottiner, se hâter.*» V. rare car ayant une racine à 4 radicales (dite «quadrilitère»), au lieu de 3.

2 - ... فأَغْلَقها : «*il l'a fermée sur lui-même avec clés et verrous.*»

3 - يَوْمَيْنِ : duel au cas dir. (compl. de temps).

4 - ... فاجأ : «*il a surpris les gens...*»

5 - ظُهورٍ : après أيّ le nom se met au cas indir. car compl. de nom.

6 - ... راحوا : «*ils se mirent à dire* » (cf. gram. 3).

ثم هَرْوَلَ[1] إلى الزّاوية فأغْلَقها[2] على نَفسه بالمِفْتاح والمِزْلاج . لبِثَ في سِجنه يَوْمَين[3] كامِلَين لا يَسْتَجيب لأَهْله ولا لأَحَد من النّاس .

وعِند مَغْرِب اليَوْم الثّالث فاجَأَ[4] أهْل الحارة بظُهوره في شُرْفة المِئْذنة . ولكِنْ أَيَّ ظُهور[5] كان ؟. تطلَّعت إلَيه الأَبْصار بذُهول وراحوا[6] يقولون :

– لا حَوْلَ[7] ولا قُوَّةَ إلاّ بالله ..

– الرَّجل الطَّيِّب عارٍ[8] تماماً .

يا شَيخ أمل وحِّد[9] الله !

ومضى يدور في الشُّرْفة مُتَبَخْتِراً ويُغَنّي بِصَوْت مُتَحَشْرِج :

أَمّا[10] إنْتَ مُشْ قَدِّ الهوَى بَسِّ تِعْشَقْ ليه ؟

---

7 - ... لا حَوْلَ : verset coranique utilisé très couramment dans les situations où l'on se trouve démuni, impuissant.

8 - عارٍ : est à l'origine عاريٌ . Le ي final est tombé pour des raisons phoniques. Il en est toujours ainsi dans ce genre de nom (dit « mankus »), aux cas suj. ou indir. lorsqu'il est indét.

9 - وحِّدْ : *«unifie Dieu »* = *« confesse que Dieu est Un.»* Formule populaire pour rappeler quelqu'un à la raison. Le ـِ final remplace le ـْ qu'exige l'impératif, à cause de la liaison.

10 - ... أمّا : forme dial. dont la transcription litt. serait أمّاأنتَ فلَست على قَدْرِ الهَوَى ، فلِماذا إذاً تعشَق

ZAKARIYA TAMIR زكريا تامر

Un petit soleil شمس صغيرة

Né en 1929 dans un quartier populaire du vieux Damas, Zakariya Tamir placera cet univers, en voie de disparition, au cœur même de son œuvre. Forgeron, c'est par un grand effort d'autodidacte qu'il devient journaliste. Après son premier recueil, صهيل الجَواد الأبْيَض , 1959, il en publie six autres dont ثلْج آخر اللّيل , 1961, qui obtient le prix, alors prestigieux, de la revue beyrouthine الآداب . Mais le plus important dans cette œuvre restera, sans doute, دمشق الحرائق , 1973. Depuis 1978, il vit en exil à Londres.

Z. Tamir s'est vite imposé comme l'un des plus grands nouvellistes syriens, malgré un style que certains jugent peu travaillé et parfois même à la limite de l'incorrection. Il le doit d'abord à la verve avec laquelle il décrit ce milieu populaire citadin qu'il connaît parfaitement et dont il analyse, jusqu'au schématisme, la violence qu'il attribue à la frustration, née de la répression sociale et politique. C'est à croire que son œuvre, parfois censurée ou interdite, tire son rayonnement de ce parti pris pour la libération sociale et la démocratisation du système politique.

Sauvée du militantisme immédiat par une certaine propension au surréalisme, cette œuvre offre également l'avantage d'une langue chaleureuse, fortement connotée par le vécu populaire. La nouvelle traduite ici et tirée de l'un de ses premiers recueils, ربيع في الرَّماد , publié en 1963 reflète bien l'ensemble de ces traits.

Abou Fahd revenait chez lui. Il allait, d'une démarche pesante, légèrement titubante, à travers des ruelles étroites, sinueuses, éclairées de lampes jaunes, éparpillées, espacées.

Le silence qui régnait autour de lui ennuyait Abou Fahd et il se mit à chantonner, à voix basse :

«J'suis un pauv' gars, je n'suis rien.»

---

1 - يمْشي : se lit يَمْشِي (cf. R3, p. 8 et gram. 2). Se reporter régulièrement à ces règles de lecture. Aidez-vous aussi, pour la lecture de ce passage, de la version sonore.

2 - ... بخُطىً : *«des pas se faisant lents.»* Bien que le nom soit au cas indir., il porte le tanwin du cas dir., le ى final ne pouvant accepter aucune autre voyelle.

3 - مُتَرَنِّحاً : p. act. se rapportant à أبو فهد . Tout p. act. de v. dérivé porte une ـُ sur le م initial et un ـِ sur l'avant-dernière lettre ; entre les deux, il y a une succession de ـَ (forme II à VI) ou de ـْ et de ـَ (forme VIII à X) (cf. gram. 5 et gram. 8) .

4 - مَصابيحُ صفراءُ : ces deux mots, au cas suj., ne portent pas le tanwin, bien qu'indéter., car ممنوع من الصرف , dyptote (cf.m gram. 10).

كان أَبو فَهْد عائداً إلى البَيت ، يمْشي [1] بخُطىً [2] مُتَباطئة ، مُتَرَنِّحاً [3] قَليلاً عبْرَ أزِقّة ضيِّقة مُتَعَرِّجة ، تُضيئُها مصابيحُ صَفْراءُ [4] مُتَناثِرة مُتَباعِدة .

وضايَق [5] أبا [6] فَهْد الصَّمْتَ المُهَيْمِنَ فيما حَوْلَه ، فَبَدَأَ يُغنّي بِصَوْتٍ خفيض مُتَرَنِّماً [7]:

" مِسْكينٌ [8] وْحالي عدَم "

---

5 - ضايَق : forme plutôt dial. *«coincer»* , ou *«mettre à l'étroit»*, puisque la racine en est ضاق , *être étroit.*

6 - أبا : noter l'écriture du cas dir. pour ce mot أبو au cas suj. et أبي au cas indir. (cf. note 10, p. 29). Remarquer que dans le 1er texte أبو المكارم était traité comme une forme invariable.

7 - مُتَرَنِّماً : de ترنّم , *chanter* ou *psalmodier d'une voix douce, agréable*. Connotation religieuse.

8 - ...مِسْكين : *«pauvre et mon état est nul.»* Dial., ce qui justifie le وْ au lieu de وَ .

C'était presque le milieu de la nuit. Abou Fahd, gagné par le bien-être – il avait bu auparavant trois verres d'arak –, reprit une seconde fois, euphorique :

«J'suis un pauv' gars, je n'suis rien.»

Il avait l'impression que sa voix rauque n'était que suavité exquise. Il se dit à lui-même à haute voix : «Je suis un chanteur ! »

Il imagina des gens, bouche bée, agitant les mains, poussant des exclamations, applaudissant. Il rit un long moment puis repoussa légèrement en arrière son tarbouche. «J'suis un pauv' gars, je n'suis rien », reprit-il gaiement.

---

1 - ... أَوْشَكَ : *«être sur le point d'arriver à son milieu.»* Précédée par كان , cette phr. est à l'imparfait.

2 - ازْداد غِبطَةً : *«grandir, s'accroître en allégresse.»* Noter que le v. est suivi d'un subst. indét. au cas dir. dit تَمْييز (cf. gram. 4).

3 - العَرَق : boisson proche-orientale obtenue par la distillation du marc de raisin mélangé à de l'anis. Sa teneur en alcool varie de 45° à 55°. Elle est servie comme l'anisette.

4 - إنَّ صَوْتَهُ ... مُفْعَمٌ : *«sa voix est pleine de suavité.»* Noter que le suj. venant après إنّ est au cas dir. et l'attribut au cas suj. (cf. gram. 9c).

5 - مُطْرِب : *«chanteur-qui-émeut»*, alors que مُغَنّي , *chanteur*.

وكان اللَيْل أَوْشَكَ[1] أَن يَنْتَصِف . وإزْداد[2] أبو فَهد غِبْطةً . وكان قد شَرِب ثلاثة أقْداح من العَرَق[3] ، وردَّد ثانِيةً مُنْتَشِياً :

" مسكين وْحالي عدَم "

وخُيِّلَ إلَيْه أَنَّ صَوْتَه [4] الخشِـن مُفْعَمٌ بِعذُوبة فائِقة . فقال لنَفْسه بصَوت مُرْتَفِع : أنـا مُطْرِب [5] .

وتَخَيَّل [6] ناساً[7] ذَوِي[8] أفْواه [9] مفْتوحة ، يلَوِّحون بأَيْديهم ويهْتفون ويُصَفِّقون[10] . فضحِك طَويلاً ، ثم أمال طرْبوشهُ[11] الأَحْمَر إلى الخلْف قليلاً ، وَعاد يُغَنِّي بِبَهْجة :

" مِسْكين وْحالي عدَم "

---

6 - تـخَـيَّـل (cf. note 4, p. 18).

7 - نـاس : pl. de إنْـسـان *homme,* se dit également أُنـاس .

8 - ذَوي : *ayant,* pl. de ذو , au cas dir. et indir.; au cas suj. ce serait ذَوُو .

9 - أفـواه : pl. à la fois de فَـم , فـاه et فـو , *bouche* (cf. note 10, p. 29).

10 - يُصَفِّقون : de l'acc. صَفّق , v. de la forme II فَعَّل —> يُفَعِّل (cf. gram. 5). Retenir la vocalisation.

11 - ... فَـأمـال طَـربـوشَـه : *«incliner son fez rouge vers l'arrière.»* Geste qui dénote l'allégresse, l'assurance, voire une certaine arrogance.

Il portait un saroual gris, serré à la taille par une vieille ceinture jaune. Lorsqu'il arriva en dessous de l'arche, là où les ténèbres l'emportent sur la lumière, il eut la surprise de voir un petit mouton noir, debout, collé contre le mur. Il ouvrit la bouche de surprise et se dit en lui-même : Je ne suis pas ivre. Regarde bien, mon vieux, que vois-tu ? C'est un mouton ! Où est son propriétaire?

Il regarda tout autour de lui sans trouver personne. La ruelle était totalement déserte. Il regarda fixement le mouton tout en se demandant : Suis-je ivre?

Il eut un rire étouffé et se dit en lui-même : Dieu pourvoit à tout ! Il a su qu'Abou Fahd et Oumm Fahd n'avaient pas mangé de viande depuis une semaine.

---

1 - شِرْوال : souvent le saroual est porté en ville par le petit peuple, alors que صاية , sorte de djellaba, est porté par les notables.

2 - أَصْفَر : *jaune*. Les couleurs de la ceinture indiquent souvent la localité d'origine. Alors que le saroual est souvent noir ou gris.

3 - القَنْطَرة : il s'agit de l'arche enjambant une ruelle et portant une construction ; type de construction courant dans le vieux Damas.

4 - ... بوغت : *«il fut surpris par la vision de...»* Forme act. باغَتَ .

5 - خَروف : ce mot se lit comme s'il s'écrivait خاروف (cf. هذا).

وكان يَرْتَدي شَرْوالاً [1] رمـاديَّ اللَوْن ، ويُحيط خصْرَهُ بِحزام أصْفَر [2] عتيق . وعنْدما وَصَلَ إلى تحْت القنْطَرة [3]، حيْثُ الظُّلْمة أقْوى من النُّور ، بُوغتَ [4] بِرُؤْيَة خروف [5] صغير أسْوَد ، يقف لصْقَ الحائط . فَفَتَح فَمَهُ مَدْهوشاً، وقال لنفْسه : أنا لَسْتُ سكْراناً . أُنْظُرْ [6] جيِّداً يا رجُل [7] . ماذا تَرى ؟ هذا خروف . أيْنَ صَاحِبُه ؟

وتطلَّع حوْلَه فلَم يجِدْ أحداً ، وكان الزُّقَاق مُقْفراً تماماً . ثُمّ حدَّق إلى الَخَروف وقال لِنفْسه : هل أَنا سكْران ؟

وضحك ضحْكَةً [8] خافتَةً ثمّ قال لنفْسه : اللّه كريم [9] ، لقَد عرَفَ أنَّ أَبا [10] فهد وَأُمّ فهد لم يأكُلا [11] لحمـاً مُنْذُ أُسْبـوع .

---

6 - أُنظُر : *regarde.* Souvent, l'impératif débute par ا qui ne se prononce pas en cas de liaison.

7 - يا رَجُل : *«ô homme ! »* Souvent le vocatif est précédé par يا .

8 - ... ضَحك ضحْكةً : *«il rit [d']un rire.»* Par cette tournure, dite مَفعول مُطْلق , l'ar. rend souvent le compl. de manière (cf. gram. 6).

9 - اللّه كريم : *«Dieu est généreux.»*

10 - أبا : est au cas dir. cas suj. précédé par إنّ (cf. notes 6, p. 45).

11 - لم يأكُلا : v. au duel ayant perdu son ن final, car مجزوم apocopée.

Abou Fahd s'approcha du mouton et essaya de l'obliger à avancer en le poussant, mais l'animal refusa de bouger. Abou Fahd l'attrapa par les deux petites cornes et le tira. Mais le mouton resta immobile, collé au mur. Abou Fahd lui jeta un regard plein de colère.

– Je te porterai, lui dit-il, et je porterai aussi ton père et ta mère !

Abou Fahd s'empara du mouton, le souleva et le mit sur son dos, tenant les deux pattes de devant dans ses mains. Puis il poursuivit sa route en reprenant son chant, avec une joie et une ivresse redoublées. Mais peu après, il cessa de chanter, sentant croître le poids et la taille du mouton. Subitement, il entendit une voix demander :

– Lâche-moi.

Abou Fahd plissa le front et se dit en lui-même : Dieu maudisse l'ivresse !

---

1 - حاوَل إجْبارَهُ : *«il a essayé de l'obliger»*. إجْبار est un infinitif. Il prend la ـَ finale, comme c.o.d. mais il régit un pron. pers. comme ayant valeur de v. Tournure équivalente : حاوَل أن يُجْبِرَه . Noter les 3 autres infinitifs dans cette phr. التَحَرُّك ، دَفْعه ، المَسير .

2 - غَيْرَ أنّهُ : syn. لكنَّهُ ، إلاّ أنّه .

3 - بِقَرْنَيه ... : Δ au duel, dans tout ce passage.

4 - مُتَجَمِّد : p. act. forme V (cf. note 3, p. 44) : la 1re voyelle est ـُ , l'avant-dernière est ـِ et entre les deux, des ـَ .

5 - فَرَمَقه ... بِغَيْظ : *«il lui a jeté un regard avec fureur»*.

6 - وأحمل والدك ... : expr. pop. marquant le défi : les parents sont sacrés .

واقْتَرَب أبو فهد من الخروف ، وحاوَل إجْبارَه[1] على المسير بِدَفْعه إلى الأمام غيْر أنّهُ[2] رفَض التّحَرُّك . فأمْسَكَ أبو فَهَد بقَرْنَيْه[3] الصّغيرَين ، وجرَّهُ منهُما . ولكِنَّ الخروف ظلَّ مُتَجَمِّداً[4] لِصْقَ الحائِط . فرَمَقَهُ[5] أبو فهد بِغَيْظ ثمّ قال لهُ :

– سأحملُكَ وأحمل[6] أيْضاً والدك[7] وأُمّك .

وحمَل أبو فهد الخَروف ، ورفَعه ووضَعه على ظهْره مُمْسكاً قائمَتَيْه[8] الأماميَّتَين بيَدَيـه ، ثمّ تابَع[9] مسيره مُعاوِداً الغنَاء ، وقد تضاعَف فرَحـه ونَشْوَته . ولكنَّهُ بعد قليل كفَّ عن الغناء إذْ[10] أحَسَّ أنّ الخروف يزْداد[11] ثقَلاً وطولاً . وسمِع على حينِ غرَّة[12] صوْتاً يقول : أُتْرُكْني .

فَقطَّب أبو فهد جبينَه ، وقال لِنفْسـه : لعَن اللّهُ[13] السكْر .

---

7 - والد : *géniteur, père.* Syn, : أب . C'est un p. act. du v. وَلَدَ , *enfanter,* forme I . Il se forme sur le modèle فاعِل par ajout d'un ا après la 1re lettre et d'une ـِ sur la 2e.

8 - قائمَتَيْه ... : *«ses deux pattes antérieures.»*

9 - تابَع : de la forme III فاعَل . A ne pas confondre avec la forme du p. act. (note 7).

10 - إذ : marque à la fois la causalité et la temporalité.

11 - يَزْداد ... : cf. note 2, p. 46 et gram. 4.

12 - على حينِ غرَّة : expr. très litt., «*à l'improviste* ».

13 - لَعَنَ اللّهُ : noter que l'acc. ici a valeur de subj. (exprime un souhait).

Quelques instants après, il entendit la même voix reprendre :

– Lâche-moi, je ne suis pas un mouton.

Abou Fahd se mit à trembler. Sa frayeur le fit agripper à pleines mains le mouton et il s'arrêta de marcher. La voix dit à nouveau :

– Je suis le fils du roi des djinns. Laisse-moi, je te donnerai ce que tu voudras.

Abou Fahd ne répondit pas. Au contraire, il repartit d'un pas pressé.

– Je te donnerai sept jarres pleines d'or, reprit la voix.

Abou Fahd eut l'impression d'entendre le tintement de pièces d'or qui tombaient, d'un endroit tout proche, en heurtant le sol. Il lâcha le mouton, se retourna et manqua de s'écrier : donne !

Il se retrouva, seul, au milieu de la longue ruelle étroite et ne put remettre la main sur le mouton.

---

1 - خروفاً : l'attr. (خبر) de ليس est toujours au cas dir. (cf. note 4, p. 38 et gram. 9c).

2 - ارْتَعَد : syn. : ارْتَجَف .

3 - للتَّشبُّث = التَّشبُّث + لـ : après لِـ la 1re partie de l'art. tombe (cf. note 9, p. 29) .

4 - الجان : *les djinns*. Dans l'imaginaire oriental, ils sont toujours associés à une idée d'étrangeté inquiétante, voire terrifiante. Le mot *génie* vient de جان .

5 - اترُكْني وسأُعْطيك : tournure dial. correspondant au litt. : أُترُكْني فَأُعطيك .

6 - لم يُجِبْ : à l'origine يجيب (cf. note 8, p. 30).

7 - مُتَعَجِّلَة : pressée, adj. fém. se rapportant à un pl.

وبعدَ لحَظات سمِع الصوتَ نفسَه يقول : أُتْرُكْني ، أنا لسْتُ خروفاً [1].

فإرْتَعَد [2] أبو فهد ، ودَفعه رُعْبُه للتَشبُّث [3] بالخروف . وتوقَّف عن السيْر . وقال الصّوت مرّةً أُخْرى :

– أنا إبْن ملِك الجان [4] ، أُتْرُكْني [5] وسأُعْطيك ما تُريد .

فلَم يُجِب [6] أبو فهد ، إنَّما إسْتأنَف السَيْر بخُطىً مُتَعَجِّلَة [7] ، فقال الصوت :

– سأُعْطيك سبْع [8] جِرار ملأى بالذّهَب .

وخُيِّل لأبي فهد أنَّهُ يسمَع رنين قِطَع ذَهَبِيّة تَتَساقَط من مكانٍ ما [9] قريب ، وترْتَطِم بالأرْض .

فأفْلَت الخروف ، وإسْتَدار وهو يُوشِك أن يهتِف : هات [10] .

وَوَجَد نفْسَه وحيداً في الزُّقاق الضيِّق الطّويل . ولم يعثُر على الخروف .

خطىً . Δ Tout pl. référant à un non-humain s'accorde comme un fém. sing. <> voir note 4, p. 50. De même مُتَسَمِّرٌ , plus bas.

8 - سَبع : sept (pour l'accord du nombre cardinal avec le nom, voir gram. 7) .

9 - مكان ما قريب : ici ما est de trop. Seul après un subst., il marque l'indétermination. مكان ما : *quelque part,* إنسان ما *un quidam.*

10 - هات : *donne.* Ce v., très courant, n'est usité qu'à l'impér., comme تعالَ , *viens.*

Il resta cloué sur place quelques instants, effrayé, puis reprit sa route d'un bon pas. Lorsqu'il arriva chez lui, il réveilla sa femme, Oumm Fahd, et lui raconta ce qui s'était passé.

– Dors, lui dit-elle, tu es ivre.

– Je n'ai bu que trois verres.

– Toi, un seul verre te monte à la tête.

Abou Fahd se sentit insulté et il répondit d'un ton de défi:

– Moi, je n'ai pas la tête qui tourne, même si j'ai bu un tonneau d'arak !

Oumm Fahd ne dit mot. Elle se mit à repenser aux histoires qu'elle avait entendues lorsqu'elle était enfant, à propos des djinns et de leurs jeux.

Abou Fahd ôta ses vêtements. Il éteignit la lampe électrique, s'étendit sur le lit à côté de son épouse et tira la couverture jusqu'à son menton.

---

1 - أَيْقَظ : comme أَفْلَت (infra.) et أَخْبَر (ci-dessus) est de la forme IV : أَفْعَل —> يُفْعِل (cf. gram. 5).

2 - نَمْ : *dors.* Impér. de نام -> ينام . Comme à l'apocopée les voyelles longues tombent (cf. 8, p. 31)

3 - أَقْداح : pl. de قَدَح , *petit verre utilisé spécialement pour l'arak.* Trois verres c'est déjà beaucoup, mais notre héros, comme tout قَبَضاي populaire, tire gloire de sa capacité à boire.

4 - ... تدوخ : «*avoir la tête qui tourne*», dial.

5 - بِتَحَدٍّ : à l'origine بتَحدّي , « *avec défi* » (cf. note 8, p. 41)

6 - إذا : «*même si* » ; cet usage est dial. Le litt. dirait : وَلَوْ ou حتّى ولَو ou bien encore : وَإن .

وبقِيَ مُتَسمِّراً في مكانه هُنَيْهات مرعوباً ثمّ تابَع المسير مُهَرْوِلاً . وحينَ وصَلَ إلى البيت أيْقَظ [1] زَوْجتَه أمّ فهد من نومِها ، وأخْبَرَها بِما حدَث ، فقالت :

– نَمْ [2] ، أنت سكْران .

– لم أَشْرَب سِوى ثلاثة أقْداح [3] .

– أنت تدوخ [4] من قَدح واحِد .

فشعَر أبو فهد أنّه قد أُهينَ ، فَأجاب بِتَحدٍّ [5] :

– أنا لا أدوخ إذا [6] شربتُ برْميلاً من العَرق .

فلم تفُهْ [7] أمّ فهد بِكَلِمَة ، وراحت تَتَذَكَّر [8] الحكِايات التي سمعتْها وهي [9] طِفْلَة عن الجان ولهْوهِم .

وخلَعَ [10] أبو فهد ثِيابَه ، وأطفَأ المِصْباح الكَهْرُبائيّ ثمّ تمدَّد عى الفِراش [11] بِجانِب زوْجتهِ ، وسحَب اللِحاف حتّى ذقْنهِ .

---

7 - لم تَفُهْ بكَلمة : le v. فاه <— يفوه doit être toujours suivi d'un comp. Δ le v. au mode مجزوم a perdu sa voyelle longue (cf. note 8, p. 30).

8 - تذكّر : «*se souvenir.*» الذِكرى , *le souvenir, la date anniversaire*. <> cf. note 7, p. 33.

9 - ... وهي : phr. faisant fonction de حال (cf. gram. 1).

10 - خلَع ثِيابَهُ : syn. : ... نزَع .

11 - فِراش : à l'origine *matelas* et non pas *lit*, mot rendu par سَرير . Traditionnellement on dort sur un matelas placé à même le sol. Et لِحاف , genre d'*édredon* qui va avec, est à distinguer de غَطاء , *couverture*.

1 - علَيْك : *tu dois*. كان lui confère une valeur de passé. Le

Oumm Fahd s'écria tout à coup :

– Tu aurais dû ne pas le lâcher avant qu'il ne t'ait d'abord donné l'or.

Abou Fahd ne répondit pas. Oumm Fahd ajouta avec enthousiasme :

– Vas-y demain. Attrape-le et ne le lâche pas.

Abou Fahd eut un bâillement triste et fatigué.

– Comment le trouverai-je ? demanda-t-il, épuisé.

– Tu le trouveras fatalement sous l'arche. Amène-le à la maison et nous ne le laisserons pas tant qu'il ne nous aura pas donné l'or.

– Je ne le trouverai pas.

– Les djinns vivent sous la terre, dans la journée. Quand la nuit vient, ils remontent à la surface du sol et s'amusent jusqu'à l'aube.

---

conditionnel est rendu par la tournure générale.

2 - يُجِب : v. مجزوم par لَم , à l'origine يجيب (cf. note 6, p. 52).

3 - أردَف : comme أطفَاء plus haut est de la forme IV أفْعَلَ (cf. gram. 5). <> Désormais, on notera seulement la ـَ sur la 2e radicale : أفعَل .

4 - لا تَتْرُكْه : à ne pas confondre avec لا تترُكُه , *tu ne le laisses pas*. Ici le v. est au mode مجزوم car il indique le نَهْي (l'impér. à la forme négative).

5 - تثاءَب : *«il bâilla, fatigué, triste.»*

وقالت أمّ فهد فجأةً :

– كان علَيْك[1] أن لا تتركَه قبْل أن يُعْطيَك الذّهَب سلَفاً .

فلَم يُجِب[2] أبو فهد ، وأرْدَفت[3] أمّ فهد قائلة بِحَماس :

– إِذْهَب غداً ، وإِمسكْهُ ولا تتركْهُ[4] .

فتَثَاءب[5] أبو فهد مُتْعَباً حزيناً ، وقال بإعْياء[6] :

– وكيف سأجِدُه ؟

– ستجِدُه حتْماً تحت القنْطَرة . أحْضِرْه إلى البيت ولن نتركَه[7] إلاّ[8] بعد أن يُعطِيَنا الذّهَب .

– لَن أجِدَه .

– الجانّ يعيشون في النّهار تحت الأرْض . وعِندما يأتي الليل يصعَدون إلى سطْح الأرْض ويلْهون حتّى يُقبِل[9] الفجْر .

---

6 - بإعْياء : *«avec épuisement.»*

7 - لن نترُكَه : Δ لن régit le منصوب (subj.). L'ar. exprime ainsi la négation du futur.

8 - ... إلاّ ... لن : *«nous ne le laisserons sauf qu'après qu'il...»*

9 - يُقبِلَ : avant un inac., حتّى commande le منصوب (subj.). <> أقبَل —> يُقبِل est de la forme IV: أفْعَلَ —> يُفعِلُ (cf. gram. 5). Désormais à l'inac., on notera la ُ sur la désinence et la ِ sur la 2e radicale : يُفْعِل .

S'ils aiment un endroit, ils y reviennent toujours. Tu trouveras le mouton sous l'arche.

Abou Fahd tendit la main, la glissa entre les deux seins de sa femme et la laissa à cet endroit, immobile.

– Nous serons riches, dit-il.
– Nous achèterons une maison.
– Une maison avec un jardin.
– Et nous achèterons une radio.
– Un gros poste.
– Et une machine à laver.
– Une machine à laver.
– On ne mangera plus de boulgour.
– On mangera du pain blanc.

---

1 - إذا : *lorsque, si,* commande uniquement un v. à l'inacc.

2 - باسْتِمْرار : *«avec continuité, en permanence.»* Noter que le مَصْدَر (infinitif) précédé par بِـ est un équivalent possible d'un adv. ou d'un compl. de manière.

3 نُصبِح : de l'acc. أصبَح , forme IV (cf. note 9, p. 57 et gram. 5).

4 - أغْنياء : pl. de غَنيّ .

5 - له جُنَيْنَة : « [*qui*] *a un jardin»*, phr. nom. inversée (cf. gram. 9b), f.f. de حال de بيتاً (cf. gram. 1a).

6 - غسّالة : à rapprocher de : غَسيل , *linge* ; مَغْسَلة , *lavabo.*

وإذا [1] أحَبّوا مكاناً مُعَيَّناً تردَّدوا إليهِ بإسْتِمْرار [2] .

ستجِد الخروف تحت القنْطَرة .

ومدَّ أبو فهد يَدَهُ إلى صدْرِها ودسَّها بيْن ثَدْيَيْها ، وترَكها هُناكَ دُون حرَكة . وقال :

– سنُصْبِح [3] أغْنياء[4] .

– سنشْتري بيْتاً .

– بيْتاً له جُنَيْنَة [5] .

– وسنشْتَري رادْيُو .

– رادْيو كبير .

– وغَسّالة .

– غسّالة [6] .

– لَن [7] نأكُلَ بُرْغُلاً [8] .

– سنأكُل خُبْزاً أبْيَض [9] .

---

7 - لَن : régit le منصوب (subj.) ; l'inacc. a alors valeur de futur. Δ les verbes de cette page ont souvent valeur de futur car précédés par سَـ (forme affir.) ou لن (forme nég.) .

8 - بُرغُل : *blé concassé*, il est pour le Proche-Orient ce qu'est le couscous pour le Maghreb.

9 - أبْيَض : et non pas أبيضاً car dyptote (cf. gram. 10).

Oumm Fahd rit comme une enfant tandis qu'Abou Fahd poursuivait :

– Je t'achèterai une robe rouge.

Oumm Fahd chuchota d'un ton plein de reproche :

– Une robe, seulement ?

– Cent ! Tu en auras, des robes !

Abou Fahd se tut un moment puis il demanda :

– Quand vas-tu accoucher ?

– Dans trois mois.

– Ce sera un garçon.

– Il ne souffrira pas comme nous.

– Il ne connaîtra pas la faim.

---

1 - يُتابِع : de l'acc. تابَع , forme III : فاعَل —> يُفاعِل (cf. gram. 5).

2 - أحْمَر : et non أحمَراً , car dyptote (cf. gram. 10). <> les adj. de couleur sont le plus souvent de la forme أفعَل au masc. (voir أبْيَض) . Il suffira donc d'une َ sur la 3e lettre pour en indiquer la lecture.

3 - عاتِبة : *reprochant*, c'est le reproche que fait l'ami ou l'amant.

4 - ... ثَوْباً : au cas dir. (reprise de la phr. précédente). Le أ mis en préfixe est un interrogatif.

5 - مائة : le alif ne se prononce pas ; le mot se lit مِئَة (voir aussi. gram. 7).

فضحِكتْ أمّ فهد كَطِفْلة بَيْنما كان أبو فهد يُتابِع[1] قائلاً :

– سأشْتري لَكِ ثوْباً أحمرَ[2] .

وهمَست أمّ فهد بِلهْجة عاتبة[3] : أَثَوْباً[4] واحِداً فقَط ؟

– سأشْتَري لك مائة[5] ثوْب .

وصمَت أبو فهد لحَظات[6] ثمّ قال متَسائِلاً[7] :

– متى ستَلدين[8] ؟

– بعد ثلاثة أشْهُر .

– سيكون صبِيّاً[9] .

– لَن يتَعذَّبَ مِثْلَنا .

– لن يجوع .

---

6 - لَحَظات : *«des instants.»* Δ le compl. de temps se met au cas dir.

7 - قال مُتسائلاً : *«il dit en s'interrogeant.»*

8 - ستَلِدينَ : de وَلَد ‹—– يَلِد , *enfanter*. A la forme passive وُلِد ‹—– يُولَد , *naître*. *Noël* : الميلاد . *La naissance du prophète* : مَوْلِد .

9 - صبيّاً : au cas dir. car خبر (attrib.) de يكون . Les v. précédés par لَن ou سَـ ont valeur de futur.

– Il aura des vêtements propres et beaux.
– Il ne cherchera pas de travail.
– Il ira à l'école.
– Le propriétaire ne lui réclamera pas le loyer.
– Il sera médecin quand il sera grand.
– Je veux qu'il devienne avocat.
– Nous lui demanderons : « Veux-tu devenir médecin ou avocat ? »

Elle se colla contre lui avec tendresse et lui demanda d'un ton rusé :

– Est-ce que tu ne te remarieras pas ?

Il lui mordilla l'oreille :

– Pourquoi me remarier ? demanda-t-il. Il n'y a pas de meilleure femme sur terre.

---

1 - نظيفة : adj. fém. sing. se rapportant à ملابِس qui est un plur. (cf. note 7, p. 52).

2 - ... سيتعلَّم : *«il fera des études, dans les écoles.»*

3 - مُحامياً : il aurait pu dire aussi مُهَنْدساً , *ingénieur.* Ces deux professions, comme celle de médecin, connotent la promotion sociale dans une société pauvre.

4 - يَصير : de l'acc. صار , syn. de أصبَح <- يُصبِح .

5 - أو : *ou* après l'interrogatif أ on utilise plutôt أم . Ici la tournure est dialectale.

6 - ... وأردَفت : *«elle a repris en s'interrogeant...»*

– ستكون ملابِسُه نظيفة[1] وجميلة .
– لن يبْحَثَ عن عمَل .
– سيتعلَّم[2] في المدارس .
– لن يُطالِبَه صاحبُ البيت بالأُجْرة .
– سيكون طبيباً حين يكبُر .
– أُريد أن يكون مُحامياً [3].
– سنسْأَلُه : أَتُريد أن تصير[4] مُحامياً أو[5] طبيباً ؟
والْتصَقَتْ بهِ بِحُنُوّ ، وأردَفت[6] مُتَسائِلة بلهْجة ماكِرة :
– أَلَن[7] تتزوَّج مرّةً ثانية ؟
فعضّ أُذُنها عضّةً[8] خفيفة ، وقال :
– لِماذا أتزوَّج ؟ أنتِ أحْسَن[9] نِساء الأرْض .

---

7 - ألن تتزوَّج : *«ne vas-tu pas te marier une deuxième fois ?»* Noter : la polygamie est liée à la richesse. Δ le compl. de temps est au cas dir. منصوب .

8 - عضّ ... عضّةً : *«il mordit son oreille d'une légère morsure.»* (Cf. gram. 6.)

9 - أنتِ أحْسَن ... : *«tu es la meilleure des femmes de la terre.»* Dans cette construction, أحسن est invariable.

Ils se réfugièrent dans le silence, envahis par une joie forte et tranquille. Mais peu après, Abou Fahd repoussa la couverture loin de lui d'un mouvement soudain.

– Qu'as-tu ? lui demanda Oumm Fahd.

– J'y vais maintenant.

– Où ça ?

– Je ramène le mouton.

– Attends la nuit prochaine. Dors maintenant.

Il sortit du lit rapidement, alluma la lampe électrique qui pendait du plafond et se mit à enfiler ses vêtements.

– Tu pourrais bien ne pas le trouver.

– Je le trouverai.

---

1 - لاذا : noter le duel. De même dans le v. suivant.

2 - ... يغمُرُهما : *«une grande joie les submerge.»* Ph. f.f. de حال (cf. gram. 1b).

3 - أبا : et non أبو , car au cas dir., منصوب puisque suj. précédé par لكنّ (cf. note 6, p. 45).

4 - ... أقدَم على : *«il procéda à l'éloignement...»*

5 - مُباغتة : syn ; مُفاجئة .

6 - ... بـ سأجيء : *j'apporterai*. Ne pas confondre avec سَأَجيء , *je viendrai*. La particule modifie souvent le sens du v.

ولاذا [1] بالصّمْت ، يغمُرهُما [2] فرَحٌ كبير هادِئ ، ولكنّ أبا [3] فهد أقْدَم [4] بعد قليل على إبْعاد اللِحاف عن جِسْمِه بحرَكة مُباغتة [5] ، فسأَلتْه أمّ فهد :

– مـا بـكَ ؟

– سـأذهـَب الآن .

– إلى أين ؟

– سأجيء [6] بالخروف .

– إِنْتَظِرْ حتّى ليلة الغد [7] ، نَمِ [8] الآن .

وترَك الفراش بِعجلَة ، وأضاء المِصْباحِ الكَهْرُبائيّ المُتَدَلّي من السّقْف ، وطفَق [9] يرتَدي ملابِسَه .

– قد [10] لا تجِدُه .

– سأجِده .

---

7 - لَيْلة الغد : *«la nuit de demain.»*

8 - نَم : imper. de نام <- ينام (cf. note 2, p. 54).

9 - طفَق : syn. : أخَذ ، جعَل . Fonctionne ici comme un auxiliaire (cf. gram. 3).

10 - قـد : placé devant l'inacc., *peut-être que* (comme رُبَّما); mais devant un acc., il peut signifier *certes*.

– Garde-toi bien de le laisser ! dit Oumm Fahd en l'aidant à enrouler sa ceinture jaune autour de la taille.

Abou Fahd sentit qu'il allait s'engager dans quelque aventure et qu'il aurait besoin de son poignard. C'était un poignard à lame courbe, à l'éclat terni.

Il quitta la maison et s'en alla rapidement. Il arriva sous l'arche. La déception le gagna car il ne put mettre la main sur le mouton. La ruelle était vide. Aucune lumière n'apparaissait derrière les fenêtres des maisons, disséminées de chaque côté de la rue.

---

1 - لَفَّ خصرَه : *«entourer sa taille avec la ceinture jaune.»*

2 - إيَّاكَ أن : expression indiquant un avertissement, une menace. Le pron. affixe (ici, كَ) change suivant le contexte.

3 - مُقْدِم : p. act. de أقدَم (cf. gram. 5), *être sur le point de faire*.

4 - وَهو : dial. Le litt. dirait : وأنَّه .

5 - هو بِحاجة : *«il est dans le besoin de...»* Phr. nom. à sens verbal : *il a besoin de*.

6- خَنجَراً : au cas direct, car خَبَر de كان (cf. gram. 9c).

7 - مُحدَوْدِب : «*bossu de la lame.*» Noter la série de p. act.

فقالت أمّ فهد وهي تُساعِدهُ على لَفِّ خصْرِهِ[1] بالحِزام الأصفَر :

– إيّاكَ[2] أن تتركُكَه .

وأحسّ أبو فهد أنّه مُقْدِم[3] على إقْتِحام مُخاطَرَةٍ ما . وهو[4] سيكون بِحاجة[5] لِخَنْجَرِه ، وكان خنْجَراً[6] مُحْدَوْدَبَ[7] النّصْلِ ذا[8] لمْعة كامدة .

وغادَر البيت ، وانطَلَق مُسْرِعاً حتّى وصَل إلى تحت القنْطَرة . وغمَرَتْه[9] الخَيْبة إذ[10] لم يعثُر على الخروف . وكان الزُّقاق خاوياً[11] ، ونوافذُ[12] البيوت المُتَناثِرةِ على الجانِبَين مُطْفَأةَ الأنوار .

---

ou pas. débutant par un مُـ et portant une ـِ (p. act.) ou une ـَ sur l'avant-dernière lettre.

8 - ذا : *ayant*, cas dir. de ذو (épith. de خنجَراً), fonctionne comme أبا (cf. note 6, p. 45).

9 - غمَرتْهُ : de غمَر , *immerger, inonder.*

10 - إذ : particule à sens causal et temporel à la fois : *comme.*

11 - خاوي : syn. خالي et فارغ .

12 - ... ونَوافِذ البيُوت : «*les fenêtres des maisons disséminées des deux côtés étaient éteintes quant aux lumières.*» مُطفَأةً est au cas dir. car خَبَر de كان .

Abou Fahd resta à attendre, sans bouger, adossé au mur. Peu après, lui parvinrent les échos d'un vacarme qui se rapprochait. Il ne tarda pas à voir apparaître un homme ivre qui titubait en se cognant aux murs de la ruelle, tout en criant d'une voix traînante :

– Eh ! Je suis un homme...

Lorsqu'il fut tout près d'Abou Fahd, il s'arrêta et le fixa, les yeux grands ouverts, ébahi :

– Qu'est-ce que tu fais là ? demanda-t-il d'une voix bredouillante et enjouée.

– Fiche le camp !

L'ivrogne plissa le front en réfléchissant puis son visage s'illumina de joie :

– Par Dieu, j'aime les femmes, moi aussi ! Est-ce que tu attends que le mari s'endorme et que la femme t'ouvre la porte?

Abou Fahd fut contrarié. Il sentit le mécontentement croître en lui tandis que l'ivrogne poursuivait :

---

1 - مُسنِداً ظهْرَه : *adossant son dos.* ظهرَ au cas dir. car c.o.d. du p. act. مُسند f.f. de v.

2 - ... تناهى : *« parvint à son ouïe un vacarme.»*

3 - ... ما لَبث : *«un homme ivre... ne tarda à paraître.»*

4 - جِدارَي : est un duel, *«les deux murs de...»* (cf. note 6, p. 19).

5 - ... وفتَح : *«il ouvrit ses deux yeux regardant fixement avec étonnement et ébahissement.»*

6 - امش : *«marche, circule.»* Imper. de مَشى <– يَمْشي
Noter la disparition de la voyelle longue finale de la forme initiale امشِي .

فوقَف أبو فهد مُنْتَظِراً دون حرَكة ، مُسْنداً[1] ظهْرَه إلى الحائط . وتناهى[2] إلى سمْعه بعد قليل ضجّة تَقْتَرِب ، ومَا لبِث[3] أن بدا رجُل سكْرَان يترنَّح مُرْتَطِماً بِجِدارِي[4] الزُّقاق بينْما كان يهتِف بصَوت ممْطوط :

– هيه .. أنا رجُل .

وحِين إقْتَرَب منِ أبِي فهد توقَّف عنِ السَيْر ، وفتَح[5] عيْنَيْه مُحَمْلِقاً بتَعَجُّبٍ ودهْشة . وقال بصوتٍ مُتَعَثِّرٍ فرِحٍ :

– ماذا تفعَل هُنا ؟

– امْش[6] .

فَقطَّب السّكْران جبينَه مُفَكِّراً ثمّ تهلَّل[7] وجْهُه فرَحاً وقال :

– أنا واللّه أُحبّ النِّساء أيْضاً[8] ، هل تنْتَظِر[9] أن ينام الزَّوج وتفتَحَ[10] لكَ المرْأة الباب .

وتضايَق[11] أبو فهد ، وأحَسّ بالإسْتياء ينمو في داخلِه بينَما تابَع السّكْران كلامَه قائِلاً :

---

7 - ... تَهلَّل : «*son visage exulta de joie.*» فرَحاً est au cas dir. car مَفعول لأجله (comp. de cause) : «*à cause de la joie.*»

8 - أيضاً : ce mot devrait se placer après أنا .

9 - تَنْتَظِر . انْتَظَر comme اقْتَرَب ci-dessus, est de la forme VIII : افْتَعَل --> يَفْتَعِل (cf. gram. 8).

10 - تفتَحَ : au subj. car coordonné à أن ينامَ .

11 - تضايَق : «*être gêné, oppressé, à l'étroit.*» Dial. (cf. note 5, p. 45).

– Elle est belle, la femme ?

– Quelle femme? demanda Abou Fahd avec exaspération.

– La femme que tu attends.

– Fiche le camp !

– Je serai ton partenaire.

La colère d'Abou Fahd montait. Il craignait que le mouton n'apparaisse pas à cause de la présence de l'ivrogne.

- Va ton chemin ou je te casse la figure! dit-il sèchement.

L'ivrogne éructa et s'écria d'un ton étonné :

– Tu me donnes des ordres. Mais qui es-tu donc ?

Il se tut un moment et reprit :

– Viens me casser la figure, allez !

– Va-t'en, laisse-moi ! dit Abou Fahd. Je n'ai pas envie de te casser la figure !

– Non, non, répondit l'ivrogne, furieux, viens me casser la figure !

---

1 - امْرَأَة : affecté de l'art. ce mot change de vocalisation المَرْأَة .

2 - شريك : sens premier : «*associé.*» شارَكَهُ , *s'associer à quelqu'un.*

3 - اشتَدَّ = أصبح شديداً : *devenir intense.*

4 - يَخْشى : de l'acc. خَشي . Syn. : خاف —> يخاف .

5 - ...لأن : dial. Litt. بسبب وُجود السكّران .

6 - بشراسة : «*avec brutalité, méchanceté.*»

- هل المَرْأة جميلة ؟

فقال أبو فهد بِحنَق : أيُّ إمْرَأة [1] ؟

- المرْأة التي تنتظرها .

- إمْشِ .

- سأكون شريكَك [2] .

واِشْتَدَّ [3] غَضَب أبي فهد ، فقد كان يخشى [4] أن لا يظهَر الخروف لأنّ [5] السكّْران موجود فقال بشَراسة [6] :

- إمْشِ في طريقك وإلاّ [7] كسَرتُ رأسك .

فَتجشَّأَ السّكْران ، وقال بِلهْجة دهِشة :

- أنت تأمُرني ؟ أنت مَن أنت ؟

وصمَت لحْظَةً [8] ثمّ أرْدَف قائلاً :

- تعالَ واِكْسِر [9] رأسي ، هَيّا ! فقال أبو فهد : إذهَب واِتْرُكْني . لا أريد [10] أن أكسِر رأسك .

فقال السّكْران بسُخْط :

- لا ، لا . تعالَ واِكْسِر رأسي !

---

7 - وإلاّ : *«sinon.»* Après وإلاّ l'acc. a valeur de futur. *«Sinon je casse ta tête.»*

8 - لَحْظَةً : le compl. de temps se met au cas dir.

9 - تعالَ واكْسِرْ : noter la succession de ces deux impératifs coordonnés. Procédé habituel en arabe.

10 - لا أُريد ... : *«je ne veux pas...»*

Il recula légèrement et dit d'une voix enjouée :

– Je vais te transformer en passoire !

L'ivrogne glissa la main dans la poche de son pantalon et en sortit un rasoir à longue lame. Abou Fahd s'empressa de porter la main à sa ceinture pour tirer son poignard tandis que l'ivrogne s'approchait de lui prudemment et rapidement.

Abou Fahd leva le poignard et abattit son poing. L'ivrogne fit un écart brusque et inattendu sur la gauche et le poignard ne le toucha pas. Il plongea le rasoir dans la poitrine d'Abou Fahd en criant :

– Prends !

Il retira le rasoir de la chair en reculant légèrement.

---

1 - ... تراجَع : de l'inacc. يتراجَع , forme VI : تَفاعَل -> يتَفاعَل . A l'acc. comme à l'inacc. toutes les consonnes portent la ـَ ; comme la forme V (cf. note 8, p. 33), il suffira de signaler la voyelle de l'avant-dernière lettre.

2 - الخَلف : syn. : الوَراء .

3 - غربال : *«je ferai de toi un crible.» Passoire* serait مصفاة.

4 - موسى : *rasoir*, mais aussi *couteau à cran d'arrêt.* Noter que c'est l'arme de l'ivrogne, de la pègre. *Le poignard* خنْجَر est porté par les gens respectables, les chefs de quartier ; comme أبو فَهد .

وتراجَع[1] قليلاً إلى الخلْف[2] ، وقال بِصوت مرِح :

– سأجعلك غربالاً [3] .

وَدَسّ السّكْرَان يدَه في جَيْب شرْواله وأخْرَج منْهُ مُوسى[4] طويلة النّصْل . فسارَع [5] أبو فهَد ، ومدَّ يده إلى حزامه مُنْتَضياً خَنْجَره[6] بيْنَما كان السّكْران يدْنو[7] منه بحذَر وسُرْعة .

ورفَع أبو فهد خنْجَره إلى أعْلى ، وأهْوى به ، فتحرَّك السّكْران إلى اليسار بشكْل خاطِف مُفاجِيء فلَم يمَسَّهُ[8] الخنْجَر ، ودفَع المُوسى في صَدْر أبي فهد هاتفاً : خُذْ [9] .

وسحَب المُوسى من اللَحم مُتَراجِعاً إلى الوراء بعْضَ الشيْء .

---

5 - سارَع : inacc. يُسارِع forme III فاعَل <— يُفاعِل (cf. gram. 5).

6 - خنجرَهُ : au cas dir. car مفعول بِهِ c.o.d. du p. act. مُنتَضياً .

7 - يدنو : syn. : يقتَرِب .

8 - لم يَمَسَّه : v. مجزوم (apocopé) portant un ـَ au lieu d'un ـْ , sur sa finale à cause de la chadda qui rend impossible la prononciation d'un ـْ .

9 - خُذْ : imper. de أخَذ ، يأخُذ .

Abou Fahd se colla contre la paroi terreuse et leva le poignard une seconde fois. Mais le rasoir de l'ivrogne le frappa une autre fois à la poitrine, et une troisième fois à l'épaule droite. Tout de suite, le bras se mit à pendre, inerte. Les doigts laissèrent échapper le poignard qui tomba par terre.

L'ivrogne criait en sautant autour de lui :

– Prends, prends !

Il le frappa au côté. Abou Fahd fit entendre un râle. Il sentit ses genoux se dérober et il tenta de rester fermement debout. Mais il était poursuivi par le rasoir. Il se cognait contre le rasoir qui le déchirait sans merci.

– Prends ! criait l'ivrogne.

---

1 - اِلْتَصَقَ : inac. : يَلْتَصِقُ forme VIII (cf. gram. 8). <> Désormais on ne notera plus que les voyelles de la 2e et de la 3e lettre : التَصَق ، يلتَصِق .

2 - طعَن : *transpercer.*

3 - يُمْنى : fém. de أيْمن . Noter que les noms désignant les membres du corps sont généralement féminins.

4 - شَهِق : sens premier : *inspirer* (ant. : زفَر).

5 - ... أحسَّ : *«il sentit la faiblesse envahir ses deux genoux.»*

6 - ... الموسى : *«mais la lame pourchassait sa chair, se cognait contre elle, la déchirait...»*

والْتَصَق[1] أبو فهد بالحائط التُّرابيّ ، ورفَع الخنْجَر ثانيةً غير أنَّ موسى السّكْران طعَنتْه[2] مرّةً أُخرى في الصدْر، وطعَنته مرَّة ثالثةً في الكتـف اليُمْنى[3] فَتهدَّلتْ على الفوْر الذِّراع ، وأفْلَتـت الأصَابِعُ الخنجر فسقَط على الأرْض .

وصاح السّكْران وهو يتَواثَب حولَه :

– خُذ .. خذ .

وطعَنهُ في خاصرته ، فشهِق[4] أبو فهد ، وأحَسّ[5] بالضّعْف يُداهِم رُكْبَتَيه فَحاول أن يظَلّ واقفاً بِثَبات غير أنّ المُوسى[6] كانت تُطَارِد لحْمهُ ، وتصطَدِم بهِ وتُمَزِّقه دونَ هوادة .

وصاح السّكْران : خُذ .

Rappel : Il est important d'identifier la forme du v. pour en connaître la vocalisation :

- تهدَّل ، يتهدَّل (تَفعَّلَ ، يَتَفَعَّل)
- تراجَع ، يتراجَع (تَفاعَل ، يَتَفاعَل)
- طارَد ، يطارِد (فاعَل ، يُفاعِل)
- مزَّق ، يمزِّق (فعَّل ، يُفَعِّل)
- أفلَت ، يفلِت (أَفْعَل ، يُفْعِل)
- التَصَق ، يلتَصِق . اِفْتَعَل ، يَفْتَعِل)

Il le frappa au ventre. Les intestins s'échappèrent par la blessure. Abou Fahd appuya sur eux à deux mains. Ils étaient chauds, frémissants, humides. Il glissa et s'effondra par terre, basculant sur le dos. Pendant ce temps, l'ivrogne, debout près de lui, se pencha, toussa à plusieurs reprises, vomit et s'éloigna en courant.

Abou Fahd entendit le mouton qui lui disait :

– Sept jarres d'or.

Une masse d'or se mit à tomber, brillant comme un soleil miniature. Puis sa voix s'éloigna peu à peu.

---

1 - ... فاندَلَقت : *«se déverser.»* Ce v. est de la forme VII (cf. gram. 8). <> Il suffira de signaler les voyelles des 3e et 4e lettres.

2 - وانزلَق : se lit forcément وانْزَلَق (cf. note 1 et gram. 8). Δ à cause de la liaison, la wasla ا ne se prononce pas ici.

3 - وارتَمى : *«se laisser tomber sur son dos.»* Ce v. se dit وَارْتَمى (cf. gram. 8). A cause de la wasla ا ne se prononce pas.

4 - ينحنى : se lit forcément يَنْحَنى (cf. gram. 8).

وطعَنه في بطْنه ، فإنْدَلَقتْ[1] الأمْعاء إلى الخارِج . وضغَط أبو فهد علَيها بيدَيه ، وكانت حارّةً مُرتَعشة مُبتَلّة . وإنْزَلَق[2] مُنْهاراً إلى أسفَل . وإرْتَمى[3] على ظهْره ، بينما كان السّكْران ينحَني[4] وهو واقف على مقْرُبة منهُ ، ويسعُل عِدّةَ مرّات ويتقيَّأ ثمّ يركُض مُبْتَعِداً[5] .

وسمِع أبو فهد الخروف يقول له :

– سبْعُ[6] جِرار من الذّهَب .

وتساقَط ذهَب كثير ، وتوهَّج كَشمْس صغيرة . ثمّ إبْتَدأ[7] صوتُه ينأى[8] رُوَيْداً رُوَيداً .

---

5 - يركُض مُبْتَعِداً : *«il court en s'éloignant.»* Δ مبتَعِداً, comme مُرتَعشة ci-dessus, est un p. act. de la forme VII (cf. gram. 8).

6 - سَبْع : et non سبعة car جرَّة (sg. de جرار) est fém. En effet, les chiffres de 3 à 10 sont au fém. devant un masc. et inversement (cf. gram. 7).

7 - ابتدأ : se lit forcément اِبْتَدَأ (cf. gram. 8) et à l'inacc. يَبْتَدِئ .

8 - يَنْأى : de l'acc. نأى . Syn. : ابتَعَد ، يبتَعِد .

ÉMILE HABIBI

La Porte-Mandelbaum

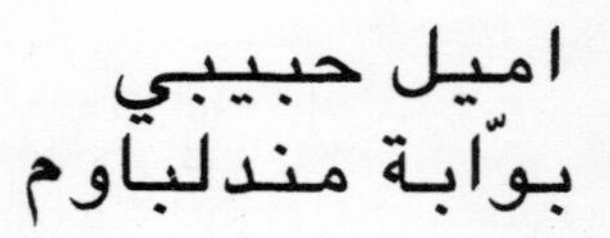

C'est en 1974, avec la parution de son premier roman, *Les Aventures extraordinaires de Saïd le peptimiste,* (Gallimard 1987), qu'Émile Habibi se révèle au monde arabe, littéralement subjugué par une écriture se caractérisant par une ironie caustique, mais débarrassée de la cruauté voltairienne. Il décrit la situation surréaliste du «Palestinien de l'intérieur», vivant dans une Palestine qui n'existe plus (puisque devenue Israël depuis 1948) mais imprimant sans cesse sa présence sur toute chose. Et c'est dans cette Palestine que Habibi naît en 1922, à Haïfa, avant de vivre, après un court exode dû à la guerre de 1948, la condition même de son anti-héros.

Ayant été député communiste à la Knesset, il dirige actuellement le journal en langue arabe de ce parti, Al-Ittihad. Cette condition de «Palestinien de l'intérieur» constitue le thème de deux autres récits forts et savoureux : سُداسيّة الأيّام السّتّة (1969), et إخطيّة , mettant en scène un Palestinien d'Amérique de retour dans sa ville natale, Haïfa et de plusieurs nouvelles publiées entre 1948 et 1967. بوّابة مندلباوم parue en 1954 et que nous traduisons ici, tire son nom du seul point de passage ouvert de 1948 à 1967, entre la ville arabe de Jérusalem et la nouvelle ville israélienne et que les Palestiniens ne pouvaient emprunter que pour rejoindre la Jordanie.

Par son écriture originale, Habibi rénove profondément le genre romanesque arabe, alors façonné par N. Mahfouz.

– Dites plutôt, monsieur, qu'elle a l'intention de sortir d'ici ! cria le policier israélien, debout, bras croisés, devant la porte Mandelbaum.

Je venais de lui dire que nous étions venus avec ma mère qui «avait l'intention d'entrer ''là-bas'' après en avoir reçu l'autorisation», et j'avais montré le côté jordanien de la porte.

Nous étions à la fin de l'hiver, le soleil annonçait le printemps... Là où les ruines avaient laissé un peu de place à de la terre, celle-ci s'était couverte de végétation. Des ruines à droite, des ruines à gauche.

---

1 - قُلْ : v. imper. de قال —> يقول , *dis.* Le pl. de politesse n'est utilisé que lorsque la distance sociale entre interlocuteurs est très grande. Ce serait alors : قُولوا .

2 - مكتوفَ اليَدَيْن : «*croisé des bras* », tournure courante. Le 1er terme est منصوب car حال .

3 - على : peut avoir le sens de عِنْد dans son acception spatiale (*à, à l'endroit de*) ou temporelle, comme dans l'expression على السّاعة ٣ , *à 3 heures.*

4 - ... بَوّابة : L'ar. distingue entre باب , *porte* , et بَوّابة , *grande porte.*

5 - هُناك : *là-bas* . Toute la nouvelle est construite sur l'opposition هنا , *ici* <—> هناك , *là-bas.*

6 - ... بعدَ أن أُذِنَ : «*après qu'elle fut autorisée à cela.*»

- "بل قُل[1] ، يا سيِّدي ، إنّها تنْوي الخُروج مِن هُنا"... صاح الشُّرطِيّ الإسْرائيليّ الواقف ، مكْتوفَ اليدَين[2] ، على[3] بوّابة[4] مَنْدلْباوم ، عِندَما أخبَرتُه بأنّنا أتَينا مع الوالِدة الّتي " تنوي الدُّخول إلى هُناك[5] بعدَ أن أُذن[6] لها بِذَلِك " ، وأشَرتُ[7] إلى الجِهة الأُرْدُنيّة من البوّابة .

كُنّا في آخِر الشّتاء والشّمس[8] تُطلّ[9] على الرَّبيع ... وحيثُ أَبقى الحِطام[10] تُراباً تغطَّى[11] التُّراب بالخُضْرة ، وعلى اليَمين حِطام[12] وعلى اليَسار حطام .

---

7 - أشَرتُ : <> se prononce أشَرْتُ (cf. R4, p. 8 et gram. 2). Se reporter régulièrement à ces règles de lecture.

8 - والشّمس ... : ce و introduit une phr. حال (cf. gram. 1a).

9 - تُطِلّ على : sens premier : *donner sur* (par ex. un paysage en contrebas)

10 - حطام : à l'origine : *débris*. Ici il s'agit de débris de maisons, d'où *ruines*.

11 - تَغَطّى : pour la lecture de cette formule (cf. note 7, p. 33).

12 - وعلى اليمين حطامٌ : phr. nom. inversée (sujet indét. cf. gram. 9b).

Des enfants, dont les cheveux pendaient en longues nattes le long des tempes, s'amusaient parmi les ruines et les herbes, provoquant l'étonnement d'autres enfants [du même âge] venus avec nous pour dire adieu à leur grand-mère : «Des garçons avec des nattes! Comment est-ce possible?» Au milieu, une vaste place, recouverte d'un goudron poussiéreux, juste à l'endroit que nous connaissions sous le nom d'*Al-Misrâra*. Des deux côtés de cette place se trouvait une porte, celle d' «ici» et celle de «là-bas», des portes métalliques, renforcées de pierres, enduites de chaux blanche, juste assez larges pour laisser passage à une voiture «sortant» ou «entrant».

Tout à sa haine, le policier avait craché entre ses dents le mot «sortir» pour que je me pénètre bien de cette leçon.

---

1 - وأطفالٌ ... جدّتهم : noter l'absence de conjonctions entre ces propositions f.f. de حال (ou صفة) (cf. gram. 1b). Elégant et classique, ce procédé est assez courant chez Émile Habibi.

2 - صبيان وذوو... : *«des garçons et ayant des nattes.»* ذَوُو , pl. de ذو au cas suj. (cf. note 8, p. 47). Allusion à la communauté juive ultra orthodoxe, dans laquelle hommes et femmes portent les cheveux longs.

3 - كيف ... : *«comment cela est.»*

4 - عرفناها : ce passé renvoie, bien sûr, à une période antérieure à la guerre de 1948 qui vient d'avoir lieu.

وأطْفال[1] ، إِستَرْسَلَت شعُورُهم على سَوالِفهِم ، كانوا يَمرَحون بَين الحطام وبين الخُضْرة ، يُثيرون الدّهْشة في نفْس الأطفالَ الّذين جاؤوا مَعنا يُوَدِّعون جدَّتَهم : "صبيان وذَوُو[2] ضفائِر ؟ كيف[3] يكون هذا ؟ " وفي الوَسط ساحة رحْبة من الإسْفَلْت المُعَفَّر ، في قلْب النّاحِية الّتي عرفَناها[4] باسْم المِصْرارة . ولِهذه السّاحة بابان[5] ، باب "هنا" وباب "هناك"، من الصّفيح[6] المحْشُوّ بالحِجارة والمَطْلِيّ بالكِلْس الأبْيَض ، كُلّ باب يتّسِع[7] لِمُرور سيّارة "خارِجة" أو "داخلة" .

وأطلَق[8] الشُّرْطيّ كلمة "الخُروج" من بين أسْنانه ، في غِلّهِ ، أراد[9] لَها أن يُلَقِّنَني درْساً .

---

5 - بابانِ : duel au cas suj. car مبتدأ . Dans ce parag. beaucoup de phr. nom. sont inversées (suj. مُبتدأ indét. cf. gram. 9b).

6 - من الصّفيح ... : «*portes faites de plaques métalliques farcies de pierres, et enduites de chaux blanche.*»

7 - يَتَّسِع لِـ : de l'acc. اتَّسَع , *être assez large pour.*

8 - أطلَق : *envoyer, laisser échapper.* <> Forme IV (cf. gram. 5).

9 - أراد لَها ... : nouvelle phr. f.f. de حال : «*il a voulu [au travers] d'elle me donner une leçon.*»

Sortir – il voulait dire : sortir du paradis –, c'était cela la grande affaire, et non pas entrer «là-bas» ! Le douanier ne voulait pas que nous laissions échapper cette bonne leçon et il nous expliqua, tandis que nous embrassions notre mère pour lui dire adieu :

– Quiconque sort d'ici ne revient plus jamais !

J'imagine que ce genre de pensées avait dû harceler ma mère pendant ses derniers jours parmi nous. En effet, alors que toute la famille et tous les amis s'étaient rassemblés chez elle, la dernière soirée avant son départ pour Jérusalem, elle s'était exclamée :

– J'aurai donc vécu au point de voir de mes propres yeux les cérémonies pour mes condoléances...

---

1 - الجلَل : variante précieuse, pompeuse de جليل , *honorable* ; sans doute amenée par le contexte : جنّة .

2 - عَسْكَريّ الجمارِك : «*militaire des douanes.*» D'après l'auteur le terme مُوَظَّف , *fonctionnaire*, serait plus approprié. D'où la traduction : *douanier*.

3 - لم يَشَأْ : du v. شاء —> يشاء , syn. : أراد . Noter la suppression du [ا], à cause du جزم , apocopé (cf. note 8, 31).

4 - أن تفوتَنا العبرَةُ : «*que la leçon à tirer nous échappe .*»

5 - ... ونحن نتَبادَل : «*alors que nous échangions les baisers d'adieu.*» Ce و introduit un حال .

فالخُروج - ويُريد أن يقول : من الجنّة - هو الأمْر الجلَل[1] ، لا الدُّخول إلى "هناك" ! وعسكَريّ الجمارِك[2] لم يشَأْ[3] أن تفوتَنا[4] العِبْرة ، فقال لنا ، ونحن نتَبادَل[5] قُبُلات الوِداع مع الوالِدة : "من يخرُج من هنا لا يعُد[6] أبَداً " !

وأحسَب أنّ مثلَ هذه الأفْكار كان يُلاحِق الوالدة في أيّامها الأخيرة بيْنَنا . فَحين إِجْتَمَع[7] الأهْل والأصْحاب في بيتها عشيّة السفَر إلى القُدْس ، قالت : " لقد عِشْتُ حتّى رأيتُ المُعَزّين بي[8] بأُمّ عيْني" .

---

6 - يَعُدْ : apocopé de يعود , placé après مَنْ fonctionnant ici comme لم (cf. note 8, p. 30).

7 - اجتَمَع : forme VIII (cf. gram. 8).

8 - المُعَزّين بي : c'est le p. actif du v. عزّى : «*Ceux qui présentent leurs condoléances* [*à la famille*] *à mon sujet.*» La mère considère son départ comme une mort car il est définitif.

Au matin, nous descendions la ruelle jusqu'à la voiture quand ma mère se retourna pour faire un signe de la main aux oliviers, à l'abricotier déjà desséché et au seuil de la maison.

– Vingt ans, j'ai vécu ici, dit-elle, que de fois ai-je pu monter et descendre cette ruelle !

Quand la voiture passa près du cimetière, dans la banlieue de la ville, elle appela à haute voix tous les morts parmis ses proches, les gens de sa génération, disant adieu à leurs tombes. «Pourquoi ne m'a-t-il pas été donné d'être enterrée ici ? Qui fleurira la tombe de ma petite-fille?» Quand elle était allée à Jérusalem, pour le pèlerinage, en 1940, un devin lui avait affirmé qu'elle mourrait dans la ville sainte : sa prédiction se réaliserait-elle, finalement ?

---

1 - مُنحَدَر الزُّقاق : «*La pente de ruelle.*»

2 - أشْجار الزَّيتون : *les oliviers.* Dans la littérature contemporaine en particulier, l'olivier symbolise la Palestine et l'attachement séculaire du Palestinien à sa terre.

3 - عَتبة الدّار : lieu très symbolique. C'est là, par exemple, que la nouvelle mariée palestinienne, lorsqu'elle entre pour la première fois dans la maison conjugale, appose une خميرة , *pâte de levain*, signe de fécondité.

4 - كَمْ مِن مرّة ! ou كم مرّة ! . كم ici est particule d'exclamation, à ne pas confondre avec l'interrogatif كم مرّةً.

وفي الصّباح عِنْدما نزَلنا مُنْحدَر الزُّقاق[1] إلى السيّارة ، إِلتَفَتتْ وراءَ هَا ولَوَّحَت بيَدِها لأشْجار الزَّيتون[2] ولِشجَرة المشْمِش الجافّة ولعتَبة الدّار[3] ، وتساءَلت : "عشرين سنَة عشتُ هنا ، فَكَم[4] مِن مرّة طلَعْتُ هذا الزُّقاق ونَزلتُه" !

ولمّا مرَّتْ بِنا السيّارة على المقابِر[5] ، في ضاحية المدينة ، هَتَفتْ تُنادي الموْتى من أقْرِبائِها ومن أقْرانها وتُودِّع قُبورَهم : "كيف لم يكُن[6] من حظّي أن أُدفَن هنا ؟ ومن سيضَع الزُّهور على قبْر إِبْنة إِبْني ؟". عندما "حجَّتْ"[7] إلى القُدْس في سنة ١٩٤٠ قال لها عَرّاف إنّها ستموت في المدينة المُقَدّسة فهل ستَتحقّق[8] نُبوءَتُه في آخِر الأمْر ؟

---

5 - مقابِر : pl. de مِقبَرة , *cimetière*, alors que قُبور est pl. de قَبْر , *tombe*.

6 - لم يكُن ... : *«il n'a pas été de ma chance que je sois enterrée ici.»*

7 - حَجّ : *faire le pèlerinage*. Terme utilisé aussi bien pour le rite musulman que le rite chrétien.

8 - سَتَتَحَقَّق : <> forme V, précédée du préfixe du futur (cf. note 7, p. 33).

Elle avait vécu jusqu'à l'âge de soixante-quinze ans sans avoir encore jamais éprouvé ce sentiment d'avoir le cœur serré à en être broyé, ce sentiment d'être sans âme, d'être oppressée, comme bourrelée de remords, ce sentiment de nostalgie pour la patrie...

Si on lui avait demandé le sens du mot «patrie», cela l'aurait rendue perplexe, tout comme elle l'aura été en déchiffrant les lettres de ce mot dans un livre de prières: était-ce la maison, la bassine à lessive ou bien le mortier pour le *kébbé* qu'elle avait hérité de sa mère ? (Ils s'étaient moqués d'elle quand elle avait voulu emporter avec elle cette vieille bassine, quant au mortier, elle n'avait pas seulement osé y songer !)

---

1 - ... بَلَغَتْ : «*elle a atteint les 75 de son âge.*»

2 - ولَمَّا : *ne... pas... encore*, terme d'usage très littéraire ; il gère le مجزوم .

3 - ... ذلك الشّعور : «*ce sentiment qui tient le noyau du cœur (du foie) et le broie, ce sentiment qui laisse après lui un vide spirituel et une oppression dans la poitrine, semblable au remords.*»

4 - وَطَن : l'auteur explique que sa mère, protestante, rencontrait dans son livre de prières le terme وطن , *patrie*, faisant référence au ciel, vraie patrie du croyant.

5 - ... لاختَلَطَ = اختَلَطَ + لَـ : «*la chose se serait brouillée pour elle .*» Δ لَـ est commandé par لَوْ . V. de la forme VIII (cf. gram. 8).

لقَد بلَغتْ[1] الخامسة والسّبعين من عُمْرِها ولـمّا[2] تُجَرِّبْ ذلك الشّعورَ الّذي يقبِض على حبّة الكَبد فيُفَتِّتها ، ذلك الشّعور[3] الّذي يُخَلِّف فراغاً روحيّاً وإِنْقِباضاً في الصّدْر ، كَتأْنيب الضّمير ، شعُور الحنين إلى الوطَن . ولَوْ سُئلتْ عن معْنى هـذه الكلمـة "الـوطَـن"[4] - لإخْتَلَط[5] الأمر عليْها ، كما إِخْتَلَطتْ أحرُف هذه الكلمة عليها حينما إِلتَقَتْها في كتاب الصّلاة : أهُوَ البيت ؟ إناء الغسيل وجُرْن الكُبّة[6] الّذي ورِثَتُه عن أُمّها ؟ (لقد ضحكوا علَيها[7] حينما أرادتْ أن تحمِل معَها في سفَرها إناء الغسيل العتيق هذا[8] ، وأمّا جُرْن الكُبّة فلم تتجرّأ على التّفْكير بحمْله معها !) .

---

6 - جُرن الكُبّة : le kébbé, mélange de viande hachée crue et de blé concassé (بُرغُل) , est un plat typique du Proche-Orient. Sa préparation onéreuse, longue et fatigante – il faut le battre longtemps dans le جُرْن – en fait un plat de fête, et bien sûr de noces.

7 - ضَحكوا عليها : *«ils ont ri sur elle.»* Dial. ; correspondant litt. : هزئوا منها .

8 - هذا : adj. démonst. placé après un nom (إناء) ne pouvant porter l'article car suivi d'un complément de nom (الغسيل) .

Était-ce le cri du vendeur de *laban*, le matin ? Le tintement de la clochette du livreur de fuel ? la toux de son mari gagné par la tuberculose ? Les nuits de noces de ses enfants qui avaient franchi ce seuil pour fonder, l'un après l'autre, leur propre foyer en la laissant à sa solitude ?

Ce seuil, le seuil de sa maison sur lequel elle jette à présent un dernier regard, qu'il parle, qu'il témoigne ! Que de fois l'aura-t-elle foulé, disant adieu à ses jeunes mariés, leur chantant, les larmes au bord des yeux : «Je t'ai fait sortir au milieu des chaumes, petit oisillon sans plumes. Je t'ai appris à chanter, à voler, à faire ton nid. Maintenant, tu as grandi, sur tes ailes poussent les plumes. Tu t'envoles et toute ma peine pour toi, en l'air est partie.»

Si on lui avait dit que c'était tout cela justement la «patrie», elle n'en aurait guère été avancée.

---

1 - على لَبَنها : la prép. على est commandée par نداء : «*appel de la vendeuse... pour son laban.*» Il s'agit du lait caillé que les paysannes viennent vendre, le matin, dans les gros bourgs.

2 - مَصدُور : *poitrinaire*, de صَدْر , *poitrine*.

3 - بيت الزَوْجيَّة : «*la maison de la* [*vie*] *conjugale, de la conjugalité.*»

4 - لتَنْطُقْ : ce لـ , suivi du مجزوم , sert à rendre l'imper. à la 1re pers., ou à la 3e pers., comme ici.

5 - تُوَدِّع : ainsi que تُغَنّي , forme II (cf. gram. 5). <> On ne notera désormais que la voyelle de la 1re et de la 3e lettre : تُودِّع .

أَوْ هو نداء بائعة اللبَن ، في الصَّباح ، على لَبَنِها [1] ، أو رنين جرَس بائِع الكاز ، أو سُعال الزَّوْج المصْدور [2] ، ولَيالي زفاف أَوْلادها ، الَّذين خرَجوا من هذه العتَبة إلى بيت الزَّوْجيّة [3] واحِداً وراء الآخَر وترَكوها لوحدِها !

هذه العَتبة ، عتبة الدّار الّتي تُلْقي علَيها الآن آخِر نظْرة، لتنْطُقْ [4] وتشهَدْ ! كم من مرّة وقَفتْ عليها ، تُودِّع عُرْسانها وتُغنّي لهُم ، وهي تشرَق [6] بدُموعها : "جبْتَكْ [7] منْ الهيش جلْبوط ما علَيْك الرّيش . وْعَلَّمْتَكْ الزَّقْزَقة والطَّير والتّعْشيش ومن بَعَدْ ما كْبِرْتْ وْصار عَجْناحَكْ ريش ، طرْتْ وْراح تَعَبي علَيكْ بَخْشيش" .

ولَو قِيل لها إنَّ هذا كُلَّهُ [8] هو "الوطَن" لما زِيدَتْ [9] فهْماً .

---

6 - ... تشرَق بـ : «*avoir les yeux et la gorge pris par les larmes.*» Phr. introduite par و , f.f. de حال .

7 - ... جبتك : la transcription litt. de ce passage serait : جِئْتُ بكَ من "الهَيش" "جلْبوط" ، ماعلَيْكَ ريش . وعلَّمتُك ... ومن بَعد ما كَبُرتَ وصار على جناحك ريشٌ ، طِرْتَ وراح تعبي عليك بخشيش" (le bakchiche).

8 - كُلَّهُ : est منصوب car apposition à هذا , suj. d'une phr. introduite par إنَّ (cf. gram. 9c).

9 - ... لما زيدت : لَـ . لَوْ répond à . ما : négation. زيدَ . Forme passive de زاد . «*Elle n'aurait pas eu plus de compréhension.*»

Mais maintenant qu'elle se tient devant le no man's land et qu'elle attend un signe pour s'avancer d'un pas, elle se tourne vers sa fille et lui confie :

– Que j'aimerais bien m'asseoir une fois encore sur le seuil de la maison !

Son frère, un vieil homme accouru de son village pour lui dire adieu, ne cessait de hocher la tête, tandis que son visage reflétait la douleur et l'étonnement. Cette «chose» indéfinissable qui fait fondre en larmes sa sœur parce qu'elle la laisse derrière elle et qu'elle ne peut pas l'emmener avec elle, pour lui aussi c'est quelque chose de doux, quelque chose qui lui est cher.

– Mais, pour finir, tu leur signeras l'acte de vente, la loi est pour eux ! lui dit notre voisin.

– Écoute, fils, dit le vieux villageois en se tournant vers moi, une fois, nous surveillions notre lopin de terre, mon père, mon plus jeune frère et moi, et voilà qu'une bande de perdrix s'abat dans le champ. Mon frère se précipite pour prendre le fusil, comme si c'était un homme, et mon père éclate de rire.

---

1 - خُطْوَةً : est منصوب car تمييز , compl. spécifique (cf. gram. 4).

2 - نَفْسِي في ... : expres. elliptique : نفسي ترغَب في ..., «*mon âme désire...*»

3 - لِيُوَدِّعَها : لِـ . *pour que*, gère le subj. منصوب .

4 - بِاسْتِمْرار : *sans cesse.*

5 - أُخْتُه : suj. de تَنْتَحِب , *fondre en larmes.*

6 - يا خالي : c'est le خال , *oncle maternel*, qui s'adresse ainsi à son neveu. C'est ainsi aussi que celui-ci s'adresserait à son oncle. Tournure caractéristique du Proche-Orient :

ولكنّها الآن ، وهِي تُشرِف على "الأرْض الحرام"، وتنتَظر الإشارة لها بالتّقدُّم خُطْوةً [1] إلى أمام ، تلْتفت إلى إِبْنَتها وتقول : "نفْسي[2] في جلْسة أُخرى على تلِك العتَبة"!

وأخوها الكهْل ، الّذي جاء من القرْية لِيُودِّعَها [3] ، كان يهُزّ رأْسه باِسْتِمْرار [4] وعلى وجْهه الألَم والتّعجُّب : هذا "الشّيء" الغامض ، الّذي تنتَحِب أُخْتُه[5] لأنّها تُخَلِّفه وراءَ ها ولا تسْتَطيع أن تحمِله معها ، هو عزيز علَيهِ وحبيب . وقال له جارُنا :

– "ولكنّكَ في نِهاية الأمْر ستُوقِّع لهم على ورَقة البَيْع، فالقانون معَهم". واِلتَفَت الشَّيخ القُرَويّ نحْوي وقال :

– " إِسمَع يا خالي[6] . كُنّا مرّةً نحرِس المقْتاة[7] أنا وأبي وأخي الأصغَر . وإِذا بِرَفٍّ من الحجَل يهبِط في الحقْل . فاِسْتعجَل أخي يحمِل بُنْدُقيّة الصّيد ، كأَنَّه الرّجُل[8] ، فغشِيَ [9] أبي من الضحِك .

---

s'adressant à son enfant, le père lui dira «papa», la mère «maman»... (voir aussi note 6, p. 190)

7 - مقْتاة : en Palestine, *champ planté de concombres en arrière-saison* .

8 - كأَنّهُ الرَّجُلُ : «*comme si c'était lui l'homme* (*l'adulte*).»

9 - غَشِيَ مِن ... : expr. dial. : «*rire jusqu'à ne plus pouvoir bouger.*» On dirait en litt. : غُشِيَ علَيه من ... , «*tomber dans les pommes à cause de...*»

Tu te souviens, fils, comment il riait ton grand-père ? «Gamin, la chasse aux perdrix, c'est une affaire d'hommes ! » Mais le petit était têtu, et une heure après il revenait en tenant à la main, qui l'eût cru, une perdrix à moitié morte. Nous n'en revenions pas ! Quant au garnement, il dansait de joie, tout fier de sa prise. «Mais on n'a pas entendu de coup de feu !» s'est exclamé mon père. «J'avais ensorcelé le fusil, papa ! » a répondu l'apprenti chasseur. Il me fit jurer sur mes ancêtres et les ancêtres de mes ancêtres que je ne dévoilerais pas son secret à notre père avant de me confier qu'il avait vu le malheureux volatile alors qu'il était déjà dans la gueule d'un gros chat. Il n'avait cessé de pourchasser ce dernier de buisson en buisson, à travers les champs de maïs, jusqu'à ce qu'il lui fasse lâcher sa proie...

» Ah, fils, est-ce qu'ils attendent de moi que je leur signe un acte de vente pour tous ces souvenirs ? Elles n'ont pas tant de pouvoir, leurs lois !

---

1 - لكنَّ صغيرَنا : «*mais notre petit* .» لكنَّ fonctionne comme إنَّ (cf. gram. 9c).

2 - يا لَلْعَجَب ! : «*Oh étonnement* » ... يالَـ exprime l'exclamation.

3 - طَيرٌ من ... : «*un volatile de [l'espèce] perdrix* .»

4 - لا يزال ... : «*il est encore en vie* .» Expr. figée.

5 - عِفْريت : c'est *le mauvais génie* et, au figuré, comme ici : *espiègle* .

6 - يتَباهَى بِصَيْده : «*il se vante de sa chasse* .»

7 - ألاَّ : est la contraction de لا + أنْ qui gère le subj.

هل تذكُر كيف كان يضحك جدُّك ، يا خالي ؟ يا ولَد صَيد الحجَل للرِّجال ! ولكنَّ صغيرَنا [1] كان عنيداً . فعاد إلَيْنا بعد ساعة وفي يدِه - يا لَلْعَجَب ! [2] - طَير من [3] الحجَل ، لا يزال [4] على قَيد الحَياة . فذُهلنا . وأمّا العفْريت [5] الصّغير فكان يرقُص وهو يتَباهى بصَيده [6] . وصاح أبي : ولكِنَّنا لم نسمَع صَوت الطلْقة ! فأجاب الصّيّاد الصّغير : لقد سحَرتُ البُنْدُقيّة ، بابا ! وحلَّفني بِجُدودي وبِجُدود جُدودي ألاّ [7] أُفشيَ السرِّ أمام والدنا حتّى أخبرَني أنّه رأى هذا الطَّير المسْكين بين فكَّي [8] قطّ كبير ، فظلّ [9] يركُض وراء القطّ من عُلَّيقة إلى عُلَّيقة وبين أعْواد الذّرة ، حتّى [10] خلَّصه منهُ .. هيه ، يا خالي هل ينتَظرون منّي أن أُوَقِّع علَى قسيمة بيع هذِه الذُّكْرَيات ؟ ! ... ما أقصرَ باعَ [11] قَوانينِهم ..

---

8 - فَكَّي : duel de فَكّ , *mâchoire* (cf. note 6, p. 18).

9 - ... ظلَّ : *rester.* V. auxiliaire placé devant l'inacc. (cf. gram. 3a)

10 - ... حتّى : «*jusqu'à ce qu'il l'* (*le volatile*) *ait sauvé de lui* (*le chat*).»

11 - ما أقصَرَ باعَ : vient de l'expr. قَصير الباع , *de petite envergure*. Par la tournure ما suivi du comparatif, on exprime l'exclamation. Le terme placé après ما est tjrs منصوب . «*Comme elles sont impuissantes, leurs lois !* »

» Si je peux te donner un conseil, c'est de ne pas aller porte Mandelbaum avec des enfants. Non pas que toutes ces maisons détruites et abandonnées pourraient les pousser à se mettre à la recherche de «la lampe magique» ou de «la caverne d'Aladin», ni même parce que les cheveux pendant sur les tempes pourraient leur inspirer des questions insidieuses qui pourraient bien te laisser dans l'embarras... Non, tout simplement parce que la route qui mène à la porte Mandelbaum ne reste pas, pas même un seul instant, sans que des voitures ne s'y engagent, filant à une vitesse «européenne», qu'elles viennent de «là-bas» ou qu'elles sortent d'«ici». D'élégantes voitures américaines, avec des passagers tout aussi élégants, portant cols amidonnés, chemises de couleur ou uniformes militaires, mieux faits pour être tachés de whisky que de sang.

1- ... وفي صُحْبَتِكَ : phr. nom. inversée (cf. gram. 9b) f.f. de حال . *«Alors que des enfants sont en ta compagnie.»*

2 - تَسْتَدْرِج : de l'acc. اسْتَدْرَجَ , *amener progressivement.* Forme X, obtenue par l'ajout du préfixe اسْتَ aux 3 radicales. اسْتَفْعَلَ —> يَسْتَفْعِل . Noter le ْ sur les 2e et 4e lettres, et la َ sur la 3e. Les ْ ne seront plus signalés.

3 - ... تضَع في : *«ils mettent dans leurs bouches des questions...»* V. au fém. sing. car s'accordant avec un suj., الشُعور renvoyant à un non-humain (cf. note 7, p. 52).

4 - قَد : avant l'inacc, exprime le doute : *Peut-être que* (cf. note 10, p. 65).

5 - بَل : noter la locution : لا ... ولا ... بل , *«non pas... ni... mais au contraire »*.

6 - [الشَّارِع] تقطَع : sens premier : *traverser*. Ici : *parcourir.*

إنّي أنصحكَ ألاّ تأتيَ بوّابة مَنْدلباوم ، وفي صُحْبَتِكَ[1] أطفالٌ . لا لأنّ البُيوت المتَهدِّمةَ والمُقْفِرة هنا تستَدرِجُهم[2] للبحْث ، في داخلها ، عن "المصباح المسْحور" وعن "مغارة علاء الدّين". ولا لأنّ الشّعور المُسترسلة على السّوالف تضَع في[3] أفْواهِهِم أسئلة إسْتفزازيّةَ قد[4] تُوقعك في ورْطة ، بلْ[5] لأنّ الشّارع الّذي يُفضِي إلى بوّابة مندلباوم لا يخلو ، ولا للَحْظة واحِدة ، من السيّارات الّتي تقطَعه[6] ، بسُرْعة أُوروبيّة ، إمّا[7] قادمة "من هناك" وإمّا خارِجة "من هنا" : وهي سيّارات أمريكيّة أنيقة ، وراكِبوها[8] من النّاس الأنيقين ، ذوي[9] الياقات المُنَشّاة أو القَمْصان الملَوّنة أو البزّات العسْكَريّة ، الّتي خيطَتْ[10] لِتَصْطَبِغَ بِقَطَرات الويسْكي لا بقطَرات الدّم .

---

7 - إمّا ... وإمّا : *soit... soit.*

8 - وَراكِبوها : *«et ceux qui les montent .»* P. act. de ركِب au pl. Le ن final de راكبون est tombé à cause de l'annexion (cf. note 6, p. 18).

9 - ذَوي : *ayant*, pl. de ذو aux cas dir. ou indir. comme ici (cf. note 2, p. 82).

10 - خيطَتْ لِتَصْطَبِغَ بِـ ... : *«ont été cousues pour qu'elles soient teintées par...»* V. au fém. sing. (cf. note 3, p. 96). Le 2e v. est de la forme VIII (cf. gram. 8). Le ط y est mis pour le ت .

Ce sont les voitures des «forces de l'armistice», des «comités de surveillance», de «l'Organisation des Nations unies», des ambassadeurs des pays occidentaux, de leurs consuls, de leur sérail, des cuisiniers du sérail, des barmans, de leurs jolies amies et de la petite cour de leurs jolies amies... Elles s'arrêtent un instant à «notre» porte, le temps pour le chauffeur d'échanger un salut avec « notre » policier – bon goût et savoir-vivre obligent! –, avant de traverser le no man's land pour s'arrêter un instant, à «leur» porte, le temps pour le chauffeur d'échanger un salut avec «leur» policier (bon goût et savoir-vivre, échange de paquets de cigarettes, de plaisanteries et autres amabilités, sont l'occasion d'une véritable compétition entre Israéliens et Jordaniens). La même chose se passe aussi bien en sens inverse.

---

1 - رجال : pl. de رَجُل , à l'origine : *«les hommes de l'armistice.»*

2 - قناصلها : pl. de قُنْصُل , *consul* ; le ها se rapporte à دُوَل , *états*, alors que le هم dans le mot suivant se rapporte à قناصل . Noter dans le passage précédent l'accord avec des pl. renvoyant à un non-humain, comme s'il s'agissait d'un fém. sing.

3 - طبّاخي : *cuisiniers.* Le ن final est tombé, car suivi d'un compl. de nom (cf. note 8, p. 97).

4 - بارات : pl. fém. rég. de بار , transcription de *bar.*

5 - وحسانهم : pl. de حَسْناء , *belle* [*femme*]. *«Leurs belles et les belles de leurs belles.»*

هذه هي سيّارات "رِجال[1] الهِدْنة" و"لِجان المُراقبة" و"هَيئَة الأُمَم"، وسُفَراء الدُوَل الغرْبيّة وقناصِلها[2]، وحريمهِم وطبّاخي[3] حريمهم ، و"باراتهم[4] " وحِسانهم[5] وحِسان حِسانهم ، تقف بُرْهةً على "بابنا" لِيتَبادَل سائقُها التّحيّة مع "شَرُطيّنا" – من باب الذّوْق والتّمَدُّن[6] - ثُمّ تقطَع "الأرض الحرام[7] " حتّى تقفَ بُرْهةً على "بابهم"، ليتَبادل[8] سائقها التحيّة مع "شُرُطيّهم" - وفي باب الذَّوق والتّمدُّن وتبادُل عُلَب السّجايِر[9] والنُكات وغَيرِها ، تقوم هنا مُنافَسةٌ إسْرائيليّة أُرْدُنيّة - والعكْسُ صحيح[10] أيضاً ..

---

6 - التَّمَدُّن : sens premier : *civilisation*. Ici : *civilité. savoir-vivre*.

7 - الأرض الحرام : «*le terrain interdit* .» Δ حَرام est un adj. invar. Ce mot est souvent lié à une notion de sacré.

8 - لِيَتَبادَلَ : لـ gère le subj. <> V. de la forme VI تَفاعَل —> يَتَفاعَل , où règne la َ , comme dans la forme V (cf. note 7, p. 33).

9 - سَجايِر : ou سجائِر , pl. de سيجارة , qui est emprunté au franç. *cigarette*. Δ L'arabe dit «*boîte de cigarettes* », عُلْبَة , pl. عُلَب .

10 - والعَكْس صحيحٌ ... : «*l'inverse est également vrai.*»

Ceux-là ne sont pas touchés par la loi de la mort : quiconque en est sorti ne peut y revenir... Non plus que par celle du paradis : quiconque y est entré n' en sortira pas... Son excellence Monsieur l'Observateur [des Nations unies] peut déjeuner à l'hôtel Philadelphia et dîner à l'hôtel Aden, son sourire bien élevé ne le quittera pas, ni à l'aller ni au retour !

Ma sœur se mit à supplier le soldat en faction devant «notre» porte pour qu'il l'autorise à accompagner sa mère jusqu'au côté jordanien.

– C'est interdit, madame, répondit-il.

– Mais je vois tous ces étrangers entrer et sortir comme s'ils étaient chez eux, et plus encore !

– Chère madame, n'importe qui sur terre peut entrer et sortir par ces deux portes, sauf les gens du pays, madame.

---

1 - لا يسْري ... : *«ne court pas sur eux la loi de la mort.»*

2 - حضْرة : «*présence* », terme de politesse précédant le titre de la personne : حضرة الأستاذ «*monsieur le professeur* ». Souvent les lettres sont libellées ainsi : حضرة السيّد ... .

3 - يَتَناوَل ... : «*prendre le repas.*» V. de la forme VI (cf. note 8, p. 99) ; désormais on ne notera que la ـَ sur l'avant-dernière lettre : يتناوَل .

4 - فلَدلفيا ... : l'hôtel Philadelphia est à Amman et l'hôtel Aden est à Jérusalem-Ouest.

5 - مُهَذَّبة : «*bien élevée, bien éduquée.*» P. pas. de هذّب (cf. gram. 5).

6 - واقف : p. act. de وقَف . Sa forme est فاعل (cf. note 7, p. 51). <> Tout adj. ou subst., composé de 4 lettres dont la 2e est [ا] , est généralement de cette forme. (Le v. serait de la forme فاعَل .)

7 - تَشْييع : c'est le مصدر de شيَّع , *escorter,* souvent utilisé pour *dépouille mortelle*. Dans le contexte présent, cet

وهؤلاء لا يسري[1] علَيهِم قانون المَوت : من خرَج منها لا يعود إلَيها . ولا قانون الجنّة : من دخلَها لا يَخرُج منها . فحضرَة[2] المُراقِب يستَطيع أن يَتناوَل[3] الطّعام ظُهْراً في فُنْدُق فلَدلْفيا[4] ومساءً في فُندُق عدَن والابْتسامةُ المُهَذَّبة[5] لا تُفارِقه في الغدْو وفي الرّواح !.

ولمّا أخَذتْ أُختي تتوسَّل إلى الجُنْديّ الواقِف[6] على "بابنا" أن يأذَن لها بتَشييع[7] والِدتها[8] حتّى البَاب الأُردُنيّ ، قال لها الجُنْديّ : "ممْنوع ، يا سيِّدتي" .

- " ولكنِّني أَرى هَؤلاء الأَجانِب يدخُلون ويخرُجون كما لو[9] كانوا في بَيتهم وأعَزّ[10]! "

- "كُلُّ من علَيها[11] ، يا سيِّدتي ، يستَطيع الدُّخول والخُروج عبْر هذَينِ البابَين ، إلاّ أهْل البِلاد يا سيِّدتي المُحْتَرَمة"[12] ...

---

usage est significatif.

8 - ... والِـدة : syn. : أُمّ . P. act. de ولَـد , *enfanter*. <> Cf. note 6.

9 - كما لَو : *comme si,* commande toujours l'acc. ماضي .

10 - وأعَزّ : *«et plus cher [encore que leur chez-eux]»*, أعَزْ est le compar. de عزيز . Tournure plutôt dial.

11 - كُلُّ مَن عَليها : l'affixe ها renvoie à un mot non exprimé : أرض , *terre*. *«Tous ceux qui sont sur terre.»*

12 - ... المُحْتَرَمة : « *honorable* », rendu ici par *chère* à cause de la connotation ironique. P. pas. de forme VIII (cf. gram. 8).

– Éloignez-vous de la route, s'il vous plaît, dit alors le policier. C'est une voie publique très fréquentée...

Il interrompit sa discussion avec nous pour discuter avec les passagers d'une voiture qui venait d'arriver (venait-elle d'«entrer» ou de «sortir» ?). Il les fit rire, ils le firent rire. Nous, nous n'avions pas saisi la plaisanterie...

Le douanier intervint alors :

– Toute chose a une fin, même les adieux.

S'appuyant sur sa canne, la vieille femme sortit de «notre» porte pour se diriger vers «leur» porte. Elle se mit à traverser le no man's land, se retournant de temps à autre, agitant la main, poursuivant sa route.

Pourquoi était-ce maintenant, et justement maintenant, qu'elle se souvenait de son fils qui avait trouvé la mort, trente années auparavant, en tombant du haut de la *matkhata*, juste devant elle ? Pourquoi était-ce maintenant, et justement maintenant, qu'elle en éprouvait du remords ?

---

1 - أرجوكُم أن : *«je vous prie de...»*

2 - شَديد الإزْدِحام : *«intense d'affluence.»* De ازْدَحَم , *se presser, se bousculer.*

3 - قادمة : p. act. de قدم , *venir.* Syn. : آتية . Ce p. act., comme les deux suivants (forme فاعل , cf. note 6, p. 100), a valeur de v. : c'est le cas des p. act. ou pas. de certains v. d'action ou de mouvement. أنا خارِج = أخرُج *je sors,* أخي نائم = أخي ينام , *mon frère dort...*

4 - حديثاً : *récemment, il y a peu.*

5- ... ضحكوا : *«ils lui ont ri, il leur a ri.»*

6 - قال : acceptable en arabe, la répétition de ce v. passe mal en fr. D'où la traduction.

.. وقـال الشُّرْطيّ : " أرجوكـم أن[1] تبتَعدوا عـن الطّريق ، هذا طريق عامّ شديد الإِزدِحام[2] ". وقطَع كلامهُ معَنا لِيتبادَل مع راكِبي سيّارة قادمة[3] (هل هي "خارجة" أو "داخلة" ؟) حديثاً [4] ضحِكوا [5] له وضحِك لهـم . وأمّا نحن فلم نفهَم النُكْتة ..

وقال[6] عسكَريّ الجمارِك : " لِكُلّ شَيء نِهايةُ حتّى لِساعة الوِداع" .

وخَرجتْ من "بابنا" نحو "بابهم" إِمْرأة عجوز تدِبّ[7] على عصاها ، وأخَذت تقطَع "الأرض الحرام" وهي تلتَفِت وراءَ هـا بين اللحْظـة والأُخـرى وتُلـوِّح[8] بيَدها وتسير إلى[9] أمام . لِماذا الآن ، والآن بالضّبْط[10] ، تتذكَّر إِبْنها الّذي مات قبل ثلاثين عاماً حين سقَط بين يدَيها[11] من فَوق "المتْخَتة[12] " ؟ ولـماذا تشعُر الآن ، والآن بالضّبْـط ، بتأْنيب[13] الضّمير ؟ !

---

7 - تَدُبُّ ... : *«ramper [en s'appuyant] sur sa canne.»* D'où دَوابّ , *reptiles.*

8 - تُلَوِّح : v. inacc., forme II فعَّل --> يُفَعِّل (cf. gram. 5).

9 - تسير إلى ... : *«elle marche de l'avant .»*

10 - بالضَّبط : *«avec exactitude.»*

11 - بين يَديها : *«entre ses deux mains »* au sens propre, et *«devant elle »*, au sens figuré.

12 - مَتْخَتة : grenier servant de débarras.

13 - تأْنيب ... : *«le reproche de la conscience.»*

A travers les ruines, du côté opposé, surgit un soldat de haute taille, coiffé de la *keffieh* et du *iqal*. Il accueillit la femme, cette vieille femme qui «entrait» et resta à parler avec elle. Tous deux regardaient de notre côté.

Nous étions là, avec les enfants, en train d'agiter nos mains. Un soldat de haute taille, tête nue, s'était placé devant notre groupe et nous parlait. Nous regardions de leur côté. Il nous disait qu'il nous était impossible d'avancer encore d'un seul pas.

Pourquoi nous dit-il ces mots : «C'est comme si elle avait traversé à présent la vallée de la mort, la vallée sans retour. C'est ça la réalité de la guerre, des frontières, de la porte Mandelbaum. S'il vous plaît, laissez passer la voiture des Nations unies.»

---

1 - كوفيّةٌ وعقالٌ : au cas مرفوع (suj. d'une phr. nom. inversée f.f. de حال). كوفيّة – relative à كوفة , ville du sud de l'Irak – est une sorte de couvre-chef très courant au Proche-Orient. Les paysans l'aiment plutôt rayée (c'est la keffieh palestinienne), les notables plutôt blanche (c'est la keffieh des émirs). Dans ce dernier cas, notamment, elle est tenue par une cordelette, عقال .

2 - وقف : deux sens : *s'arrêter* et *se mettre debout*.

3 - حاسِر : <> forme فاعِل (cf. note 6, p. 100).

وبرَز من بين الحِطام ، من النّاحية المُقابِلة ، عسكَريّ فارع الطّول على رأْسه كوفيّة وعِقال [1] ، إستَقبَل المرْأة العجوز ، " الداخِلةَ " ، ووقَف يتحدَّث معها ، وكانا ينظُران إلى ناحيتنا .

وكُنّا هنا ، مع أطْفالنا ، نُلَوِّح بأَيدينا . وقد وقَف[2] أمامَنا جُنْديّ فارع الطّول حاسر[3] الرَأْس ، وهو يتحدَّث معنا . وكُنّا ننظُر إلى ناحيتهِم . وكان يقول لَنا إنّه من المُستَحيل[4] التّقَدُّمَ خُطْوة أُخرى إلى أمام .

ولماذا قال لنا : "كأَنّما هي قد قطَعتْ الآن وادي المَوت الّذي لا رجْعةَ منه [5] . هذا هو واقع الحرْب والحُدود وبوّابة مندلباوم . أرجوكم ، أفْسِحوا[6] مكاناً لِمُرور سيّارة الأُمَم المُتَّحِدة !"

---

4 - مِنَ المُستَحيل : par cette tournure l'ar. exprime la locution verbale impers. «*il est impossible de...*» مِن الصّعب *il est difficile*. Noter que c'est une phr. nom. inversée (التَقَدّمُ est suj.).

5 - ... لا رِجْعةَ منه : «[*il n'y a*] *pas de retour de lui* » (cf. note 7, p. 35).

6 - ... أفْسِحوا : «*faites de la place pour le passage...*»

Tout à coup, un petit corps plein de vie se détacha de notre groupe, comme un ballon propulsé par le pied d'un joueur adroit vers le but adverse. Cette petite chose se mit à courir droit devant elle à travers le no man's land. Muets de stupeur, nous avons vu ma petite fille courir vers sa grand-mère en l'appelant : «Teïta, Teïta !» La voilà qui traverse le no man's land, qui arrive jusqu'à sa grand-mère et la serre dans ses bras !

De loin, nous avons vu l'homme à la *keffieh* et au *iqal* baisser la tête. Moi qui ai de bons yeux, je l'ai vu examiner le sol en grattant la terre du bout du pied. Et le soldat tête nue qui était avec nous, le voilà lui aussi qui baisse la tête et scrute le sol ! Le policier debout, bras croisés, à la porte de son bureau, était rentré à l'intérieur. Le douanier était occupé à fouiller ses poches à la recherche de quelque chose dont il semblait avoir remarqué l'absence à l'instant même.

---

1 - يَنْبِضُ : de نبَض , *palpiter, vibrer, battre*. D'où نَبْض , *pouls*.

2 - ... كُرَةٍ : au cas مجرور , car précédé par la prépos. كَـ , *comme*. La phr. suivante f.f. de حال (ou d'épithète, cf. gram. 1b). «*Le pied d'un joueur l'a lancée*.»

3 - ... هدَف : «*le but de l'autre équipe*.»

4- مُخْتَرِقاً : p. act. de اختَرَق (forme VIII), *passer à travers* (cf. gram. 8).

5 - ... والدَّهْشَةُ : «*alors que l'étonnement noue nos langues*.»

6 - تيتا : dial. équivalent de «*mamie*».

وفجأةً إنفلَتَ من بيننا جسْمٌ صغير ينبِض[1] بالحياة ، كَكُرة[2] قذفتْها قدَمُ لاعبٍ ماهر صَوبَ هدف[3] الفريق الآخَر ، وراح هذا الشَّيءُ الصّغير يركُض إلى أمام مُختَرِقاً[4] ساحةَ "الأرض الحرام" . ورأينا ، والدّهْشةُ[5] تعقِدُ ألْسنتَنا ، طِفْلتي الصّغيرة تركُض نحو جدّتها وهي تُنادي : "تيتا[6] ، تيتا" . ها هي تخترِق "الأرض الحرام" ، ها هي تصِل إلى جدّتها ، وتأخُذها بين أحْضانِها[7] !

ومن بعيد ، رأَينا صاحب الكوفيّة والعقال يخفِض رأسه نحوَ الأرض . وأنا نظَري حادٌّ[8] ، فرأَيته يفحص الأرض بقدَمه . والجُنديّ الحاسر الرأس ، الّذي كان معَنا ، ها هو أيضاً يخفض رأسه نحو الأرض وها هو يفحَص الأرض ! وأمّا الشُّرطيّ الّذي كان واقفاً ، مكْتوفَ اليدَين ، على باب مكْتَبه ، فقد[9] دخَل إلى مكتَبـه . وأمّا عسكَريّ الجمارك فقد كان مشغولاً بتفْتيش جيُوبِه عن شيء ، يظهَر أنّه إفتَقَده[10] فجـأةً .

---

7 - أحْضان : pl. de حِضْن , *sein.* Noter que tout nom précédé d'une prépos., adv. ou particule, se met au مجرور .

8 - نظَري حادٌّ : phr. nom. : «*ma vue est aiguë.*»

9 - فَقَدْ : le فـ est commandé par أمّا ... فـ : أمّا , *quant à.*

10 - افتَقَد : forme VIII de فَقَدَ , *perdre.* (cf. gram. 8). Il signifie : *perdre, rechercher,* ou *remarquer* et *regretter l'absence de quelque chose* ou *de quelqu'un.*

Quel prodige venait de se produire ? Une enfant traversant «la vallée de la mort, la vallée sans retour», et revenant, après avoir réduit à néant «la réalité de la guerre, des frontières et de la porte Mandalbaum».

Une enfant ignorante, ne voyant pas de différence entre le soldat portant la *keffieh* et le *iqal* et cet autre, nu-tête. Quelle innocence ! Pour elle, il n'y avait nul océan à traverser pour gagner d'autres rives, elle se croyait donc encore dans son pays. Pourquoi ne serait-elle pas allée à sa guise, pourquoi n'aurait-elle pas gambadé librement, dans son pays? D'un côté, se tenait son père, de l'autre sa grand-mère : pourquoi ne pas aller librement de l'un à l'autre, comme chaque jour? D'autant plus qu'elle voyait des voitures parcourir en tous sens le no man's land, exactement comme les voitures dans la rue près de chez elle.

---

1 - عَجَب : cet adj., invar. quant au genre, est plus fort que عَجيب , *merveilleux*. De la même racine : أُعْجوبة , *miracle*.

2 - وَقَد : le و est de حال , *alors que* . Il est suivi de قد avant un v. ماضي (cf. gram. 1a).

3 - واقِع : est aussi de la forme فاعِل , même si le sens premier de p. act. s'est estompé.

4 - تُدرِك : de أَدْرَك , *saisir, comprendre*.

5 - يا لَها مِن ... : exprime l'exclamation : «*comme elle est une enfant naïve* » (cf. aussi note 2, p. 94).

أيُّ أمْرٍ عجَب[1] حدَث الآن ؟ طِفلة تقطَع "وادي المَوت الّذي لا رجْعةَ منه" وترجِع منه وقد[2] نقَضت "واقع[3] الحرْب والحُدود وبوّابة مندلباوم" .

فهي طِفلة جاهلة لا تُدرِك[4] الفرْق بين العسكَريّ الّذي يلبِس الكوفيّة والعقال والعسكَريّ الحاسر الرأس. يا لَها[5] مِن طفلة ساذَجة ! رأتْ[6] أنّها لم تنتَقِل عبر البُحور إلى بلاد أُخرى ، فتوهَّمت أنّها لا تزال في بلادها . فلماذا لا تسرَح ولا تمرَح[7] في بلادها ؟ ورأت أنّه على جانِب[8] يقِف والدُها وعلى الجانب الآخَر تقِف جدّتها ، فلماذا لا تسرَح ولا تمرح بينَهما ، كما كانَت تفعَل كلَّ يَوم ، خُصوصاً وأنّها ترى سيّارات تروح[9] وتجيء على "الأرض الحرام" ، تماماً كما تفعَل السّيّارات على الشّارع قُربَ بيتِها ؟

---

6 - رأت : *voir*, bien sûr, mais aussi : *juger* et *constater*.

7 - تسرَح وتمرَح : souvent ces deux v., presque homonymes, sont utilisés ensemble pour marquer l'intensité.

8 - جانِب : comme والد plus loin, est de la forme فاعِل (cf. note 6, p. 100).

9 - تروح : de راح , syn. : تذهَب . Mais alors que ذَهاب forme couple avec إياب ، رَواح en forme un avec مَجيء , *aller et retour*.

Ici, on parle hébreu et là-bas, arabe ? Mais elle aussi parle les deux langues : avec Nina et Sousou !

Apparemment, le douanier s'était lassé de rechercher «l'objet perdu» (toute chose a une fin, même une situation embarrassante). Il mit un terme à cette tâche exténuante aussi soudainement qu'il l'avait commencée, puis toussota :

– Une enfant ignorante... dit-il au soldat, du ton de celui qui offre ses condoléances. S'il vous plaît, messieurs, éloignez-vous de la route pour qu'aucun enfant n'aille tomber sous les roues d'une voiture, vous voyez comme elles circulent vite, ici.

Avez-vous compris pourquoi je vous conseillais de ne pas aller à la porte Mandelbaum accompagné d'enfants ? Ils voient les choses simplement, et sans complications, mais comme ils voient juste !

---

1 - يَئِسَ : à l'inacc. يَيْأَسُ , *désespérer.*

2 - يُبَادِلُ : *échanger quelque chose avec quelqu'un.*

3 - ... بَيْنَ : *«entre les roues des voitures .»*

4 - ... الَّتي : « *qui passent, par ici, en vitesse, comme vous voyez.»* Δ le relatif et le v. sont au fém. sing. (cf. note 3, p. 96).

5 - ... إنَّ مَنْطِقَهم : *«leur logique est simple, non compliquée.»*

هنا يتكلّمون العبْريّة وهناك يتكلّمون العَربيّة . وهي أيضاً تتكلّم اللُغتَين : مع نينا ومع سوسو !

ويظهَر أنّ عسكَريّ الجمارِك يَئِسَ[1] من التَفْتيش عن "الشَّيء المفْقود" (لكُلّ شيء نهايَـةٌ حتّى للورْطة !) . فقد توقَّف عن هذه العملَيّة المُضْنية فجأةً كما إبتَدَأها. ثمّ تنَحنَح ، ثُمّ قال لِلجُنديّ كأنّما يُبادِله[2] العزاء :

"طفلة جاهلة " ..

- " أرجوكم ، أيُّها السّادة ، أن تبتَعدوا عن الطّريق، لئَلاّ يسقُط طفل من أطْفالكم بين[3] عجَلات السّيّارات ، الّتي[4] تمرُّ من هنا بسرُعة كما تَرون " .

أفَهمتَ لماذا نصحتُك ألاّ تأتي بوّابة مندلباوم وفي صُحْبتك أطْفال ؟ إنّ منطِقَهم[5] بسيط غَيرُ[6] مُرَكَّب . ما أسلَمَهُ ! [7] .

---

6 - غيرُ : au cas suj. car apposition à بسيطٌ , attr. de إنَّ (cf. gram. 9c). Le mot après غير est toujours مجرور .

7 - ما أسلَمَهُ : exclamatif de سليم , *sain*. L'affixe هُ renvoie à منطِق : «*comme il est sain .*»

Edwar Kharrat ادوار خرّاط

Abouna Touma أبونا توما

Né en 1926 à Alexandrie, Edwar Kharrat, après une licence en droit, occupe plusieurs fonctions administratives dont celle de secrétaire général de l'Union des Écrivains Afro-Asiatiques, tout en déployant une intense activité de traducteur, critique et animateur littéraire.

Il publie son premier recueil de nouvelles, حيطان عالية, *Hauts Murs* en 1959, à un moment où N. Mahfouz impose à tous son art romanesque. Partisan d'une autre écriture, il anime entre 1968 et 1970 la revue d'avant-garde *Galerie 68*, qui offre une alternative à l'esthétique classique de Mahfouz. Avec la parution de son premier roman, رامة والتنّين, en 1980, sa renommée commence à dépasser le cercle des connaisseurs. De 1980 à 1988, il écrira quatre autres romans dont ترابها زعفران – en cours de traduction chez Julliard – et un recueil de nouvelles qui s'ajoute aux deux autres, parus avant 1972. Il est alors pleinement reconnu par le grand public.

Chez Kharrat, le roman procède d'une quête du savoir et d'un travail sur la langue qui défie toute entreprise de traduction. Son style, imprégné d'un classicisme habité et subverti par la modernité, transparaît dans cette nouvelle, tirée de son premier recueil, qui met en scène, à travers une action assez lente, deux anachorètes coptes dans l'un des nombreux ermitages qui peuplaient la Haute-Égypte, dont l'auteur est originaire.

C'était une nuit au début de l'hiver. La lune brillait dans le ciel de la Haute-Égypte. Dans le désert, gémissait le vent. Avec ses épaisses murailles et ses deux grosses masses, comme deux épaules, en partie plongé dans les ténèbres et en partie baigné par la lumière laiteuse de la lune, le couvent ressemblait à un animal fabuleux tout droit sorti de l'*Apocalypse* de Jean. Un des moines parcourait l'épaisse muraille, pour monter la garde, un vieux fusil pendu à l'épaule. Lorsqu'il atteignit le large dôme, il s'assit, adossé à la nuit, dans l'obscurité. Les rares étoiles scintillaient, au-delà du halo de la lune, au sein soyeux du ciel. Le hurlement d'un loup courait à travers les sables.

Pas très loin de l'énorme bâtisse, étaient disséminées quelques constructions petites et délabrées. Pour la plupart, elles s'entassaient les unes sur les autres, en silence, abandonnées.

---

1 - مُشرِق : p. act. de أشْرَقَ , *se lever* et *briller* à la fois. Réf. à شَرْق , *Orient*. Δ phr. nom. à valeur verbale (cf. note 3, p. 102).

2 - الصَّحْراءُ... : «*Le désert, y gémit le vent.*» Variante de phr. nom. (cf. gram. 9d).

3 - منْكِب : *épaule*. Syn. : كَتِف .

4 - ... نِصْفُهُ : «*sa moitié est plongée dans l'obscurité.*» Phr. f.f. de حالَ de الدَّير . Kharrat, comme Habibi, affectionne la phr. حال sous toutes ses formes.

5 - بَيضاء : *blanche*, au masc.: أبْيَض .

6 - كَحَيَوانٍ : Δ كـ , *comme*, est une prépos. gérant le مجرور .

7 - رُؤْيا : à l'origine *vision*, du v. رأى .

كانت لَيلة في أوَّل الشِّتاء . القمَر مُشرِق[1] في سماء الصَّعيد ، والصّحْراء[2] تئِنّ فيها الرّيح ، والدَّير يبدو بأسْوارِه الضّخْمة ومنْكبَيْه[3] الكبيرَين ، نصفُه[4] غارِق في الظُّلْمة ، ونصفه مُتَوهِّج بنيران القمرَ البَيضاء[5] ، كحيَوان [6] خُرافيّ من رُؤْيا [7] يوحنّا . وكان أحَد الرُّهْبان يطوف على السّوّر العريض ، للحراسة ، مُعلِّقاً إلى كتفه بُندُقيّة[8] عتيقة ، حتّى إذا وصَلَ إلى القُبَّة الكبيرة جلَس تحتَها ، مُستَنداً إلى اللَيل في العُتْمة . والنُّجوم القليلة تلمَع بعيداً عن[9] القمر في حجْر [10] السّماء الحريريّ . وثَمَّ [11] عُواء ذئْب يسري بين الرِّمال .

وعلى مبْعُدة[12] من البناء الضّخْم ، تتَناثَر أبْنية[13] صغيرة قليلة مُتَداعية ، يتكوَّم مُعْظَمُها في صمْت ، مهْجورة .

---

8 - مُعلِّقاً ... بُندُقيةً : «*suspendant à son épaule un fusil.*» Le p. act. (forme II. cf. gram. 5) f.f. de v. dont بندقيةً est un c.o.d.

9 - بعيداً عن : *loin de.* Invariable, l'adv. porte souvent la ـَ ou le اً .

10 - حجْر : sens premier : *giron , sein.*

11 - ثَمَّ : à ne pas confondre avec ثُمَّ . Syn. : هناك , équivalent de يوجد , dans une phr. nom. inversée. «*Là [est, il y a] l'aboiement...*»

12 - على مَبْعُدة : de la même racine que بَعيد , *loin*, mais exprime une nuance.

13 - أبْنِية : pl. de بِناء , *plus haut.*

Pourtant, de deux cellules toutes proches, sortait un rai de lumière, pâle sous la clarté de la lune.

Entre la silhouette altière du couvent et ces vagues constructions pareilles à des tombes, les blocs de rochers et les décombres prenaient d'étranges formes, dans la nuit éclairée par la lune. On aurait dit des corps pétrifiés en plein cauchemar, dressant leurs bras comme dans un spasme, avec des bouches béantes qui ne proféraient aucun son. Et l'on trouvait là des crânes, abandonnés depuis longtemps, blanchis à force d'être restés exposés au soleil, un rictus éternel gravé sur leurs mâchoires et leurs yeux ouverts à jamais, sans répit.

Autrefois, les loups féroces se tenaient humblement à la porte de ces cellules pour monter la garde auprès des saintes personnes qui y habitaient. Les moines y passaient le temps de leur épreuve sur terre, dans une solitude bénie par l'Esprit. Mais ils avaient délaissé ces cellules peu à peu, et les loups avaient abandonné ce coin de désert.

---

1 - باهِتاً : rappel de la forme فاعِل (cf. note 6, p. 100). Nous ne reviendrons plus sur la vocalisation de cette forme.

2 - لَيل مُقْمِر : «*nuit luneuse.*» Cf. l'expr. أقْمَرَ اللَيْلُ .

3 - مُتَشَنِّجَة : «*se crispant, se figeant* » se rapporte à أجْسام.

4 - ... فاغِرةً : «*béant, ouvrant leurs bouches.*» أفواهَها est c.o.d.

5 - ... جماجِمُ قديمةٌ : «*des crânes vieux, jetés là.*» جماجِمُ est suj. (مبتدِأ) d'une phr. nom. inversée (cf. gram. 9b) ; ne porte pas le ـً car dyptote (cf. gram. 10).

على أنَّ النّور يشِعّ من صَومَعتَين مُتَجاوِرتَين منها ، باهتاً [1] في ضَوء القمر.

وبين الدَّير الشّامخ وبين هذه الأبْنية المُبْهَمة كالمقابر، تتَّخذ الحجارة والأنْقاض أشْكالاً غريبة ، في اللّيل المُقمِر [2] ، كأنَّها أجْسام مُتَصلِّبة في كابوس ، ترمي بذِراعَيها مُتَشنِّجة [3] ، فاغرةً [4] أفْواهَها بِلا صَوت . وثَمَّ جماجِمُ قديمة [5] مَرْمِيّة ، بَيضاء من طول التَّعَرُّض للشّمس ، تبتَسِم [6] أبَداً عن نَواجِذها وعن عيُونها المفْتوحة بِلا راحة .

كانت الذِّئاب الضّارية ، في القديم ، تقف على أبْواب هذه الصَوامِع في خُشوع [7] ، لِتحرسَ سُكّانها [8] القدّيسين . وكان الرُّهْبان يقْضون فيها أيّام التَّجْرُبة علَى الأرض ، في وحْدة مُباركة بالرّوح [9] . لكنَّ الرُّهْبان هجَروا هذه الصَّوامِع شَيئاً فشيئاً ، وهجَرت الذِّئاب هذه النّاحية من الصَّحْراء .

---

6 - تَبْتَسِم عن ... : *«sourient éternellement en laissant paraître leurs molaires et leurs yeux ouverts...»*

7 - في خُشوع : *«dans l'humilité»*, dans le sens fort, religieux : *abaissement*.

8 - سُكّانَها : pl. de ساكن , *habitant*.

9 - الرّوح : *esprit*. Ce terme, qui revient souvent dans le texte, renvoie à l'Esprit de Dieu, l'Esprit saint, mais aussi à l'âme spirituelle opposée au corps.

Pourtant, les graines que le Bon Laboureur avait jetées n'étaient pas toutes mortes parmi les sables et les roches. Une ou deux d'entre elles avaient germé et avaient crû. Ainsi, ce rai de lumière jaune s'échappait toujours des deux cellules, en attendant la venue du Royaume des Cieux, sur ces pentes sauvages et désertées sauf par les serpents et les renards qui venaient parfois se tenir tranquillement devant la porte avant de repartir en faisant grincer leurs mâchoires.

Abouna Touma et Abouna Matta ne cessaient pas un moment de prier, de chanter les paroles du Seigneur et les hymnes aux Pères de l'Église et aux saints. Aux fêtes, ils se rendaient à la chapelle du couvent pour s'en retourner, chargés d'une provision spirituelle de piété ainsi que de couffins remplis de pains secs dont ils se nourrissaient tout au long de l'année, après les avoir fait tremper dans de l'eau qu'ils tiraient eux-mêmes du puits, dans la cour du couvent. Ils communiaient et recevaient la bénédiction du père abbé. Ils vivaient dans la solitude des premiers anachorètes.

---

1 - الزّارِع : p. act. de زرع , *semer*. *Labourer* : حرَث .
2 - نَمتْ : du v. نَما —> ينْمو .
3 - اثْنتان : fém. de إثنان , *deux* , comme واحِدة est le fém. de واحِد . Ce sont les seuls nombres à s'accorder en genre avec le nom.
4 - هاتَين : duel de هذه . Δ هاذَين / هاذان = duel de هذا .
5 - مَهْجور : *abandonné*, p. pas. du v. simple هجَر. Sa forme est مفعول . Tout mot composé de 5 lettres, dont la 1re est مـ et l'avant-dernière و , est de cette forme : voir مَمْلوء ci-dessous, et مَفْتوحة ci-dessus. Se rappeler la vocalisation.
6 - أبونا : «notre père». C'est avec cette formule que l'on s'adresse au prêtre en arabe.
7 - لا يفتآن = لا يفتأان : du v. ما فتِىءَ —> لا يفتأ . *ne pas cesser*. Fonctionne comme un auxiliaire (cf. gram. 3).
8 - آباء : pl. de أب. Dans la tradition copte, ce sont les Pères

أما البُذور الّتي ألْقاها الزّارع[1] الصّالح فلَم تهلك كُلُّها في الرِّمال والصُّخور . بل نمَتْ [2] وترعرَعتْ منها نبْتة طيِّبة أو إثنَتان[3] . وها الضَّوْءُ الأصفَر ما يزال يشعّ من هاتَين [4] الصومَعتَين ، في إنتظار ملَكوت السمَوات ، في هذا السّفْح الموحِش المَهْجور [5] إلاّ من الثّعابين ، والثّعالِب الّتي تأتي أحْياناً فتقف على الباب بهُدوء وتمضي وهي تُقَرقِر بأسْنانها .

وأبونا[6] توما وأبونا متّى لا يفتَآن [6] يُصلِّيان ، ويترنَّمان بكلمات اللّه وتسابيح الآباء[8] والقدّيسين . كانا يذهبان في الأعْياد إلى كنيسة الدَّير ، ثُمَّ يعودان مُحمَّلَين بزادٍ روحيّ من التقْوى ، وبقفف ملْوءة بالخُبْز الجافّ ، يأكُلانه على مدار السَّنة ، مُبَلَّلاً [9] بالماء الّذي يمْتاحانَه بأنْفُسهما من البِئْر في صحْن[10] الدَّير – كانا يعيشان في عُزْلة النُّسّاك الأقْدَمين[11] – ثُمّ يتناوَلان القُرْبان المُقَدَّس وينالان برَكة الأب الرّئيس .

---

de l'Église ou les Pères du désert, qui souvent se confondent.

9 - ... مُبَلَّلا : «*mouillé avec de l'eau*» ; se rapporte à خُبز . C'est, comme مُحَمَّل (*supra*), un p. pas. forme II فعَّل (cf. gram. 5).

10 - صَحْن : qui veut dire aussi *assiette*, est le terme propre pour *cour d'église* ou *de mosquée*.

11 - أقْدَمين : pl. de أقدَم , le superlatif de قديم , *ancien*. Cet adj. se rapporte à نُسَّاك , pl. de ناسك, *ermite*, *anachorète*. Les déserts d'Égypte, de Syrie et de Palestine en étaient pleins. Noter que la phr. incise en ar. a changé de place dans la traduction.

Abouna Touma emportait avec lui une grosse liasse d'épaisses feuilles jaunes, un paquet de roseaux sauvages pour écrire et deux grandes bouteilles d'encre rouge et noire. Copiste, il passait ses jours et ses nuits – après avoir achevé de lire le Livre, réciter les prières et chanter psaumes et cantiques – à recopier les livres saints ainsi que les odes chantant la gloire du Doux Agneau ou sanctifiant la Mère de lumière. Il couvrait les marges des manuscrits de chastes enluminures et il recopiait la vie des saints et des martyrs. Il aimait dessiner la Vierge tenant dans ses bras le Divin Enfant, avec des auréoles à l'encre rouge autour de leurs têtes, des branchages entrelacés, des feuilles, des fleurs rouges toutes rondes qui les entouraient, comme pour glorifier le nom du Très-Saint.

---

1 - كَمِيّة : *«quantité.»*

2 - الوَرَق : pl. collectif de وَرَقة. Ce genre de pl. s'accorde comme un masc. sing. : voir les 2 épithètes suivantes.

3 - بوص الغاب : *«les roseaux de la forêt.»*

4 - ومِثْلَها : *«et semblable à elle* (bouteille).»

5 - ... يَقْضي : *il passe* [ses jours]. Mais, pour dire *les jours passent,* on utilise الأيّام تمُرّ / تنقضي .

6 - ... التّي قيلَتْ : *«qui ont été dites dans la glorification...»*. Forme passive de قال , v. au fém. sing., car se rapportant à un non-humain (cf. note 3, p. 96).

وكان أبونا توما يرجِع بكميّة[1] كبيرة من الورَق[2] السّميك الأصفر ، وحزْمة من بوص الغاب[3] للكتابة ، وزُجاجة كبيرة من الحِبر الأسوَد ، ومثلَها[4] من الحِبر الأحمَر . فقد كان ناسخاً ، يقضي[5] أيّامه ولَياليه – بعد أن يفرَغ من قراءة الكتاب ، وأداء الصلَوات ، والتّرنُّم بالمزامير والتَّسابيح – في نسْخ الكُتُب المُقدَّسة ، والأشْعار الّتي قيلت[6] في تمجيد الحمَل الوَديع وتقْديس أمّ النّور ، وفي زخْرَفة[7] الحَواشي بالرُّسوم الطّاهرة ، وتدْوين سِيَر[8] الشُهَداء والقدّيسين . وكان يُحبّ أن يرسُم العذْراء ، وعلى[9] ذِراعها الطِّفلُ الإلهيّ ، وحَوَل رأسَيهِما هالات من النّور بالحبر الأحمَر ، تُحيطهُما الغُصون المُتَشابِكة وأوْراق الشجَر[10] والزُّهور المُستَديرة الحمْراء ، كأنّها تترنَّم باِسم القُدّوس[11] .

---

7 - وفي زَخْرَفة : coord. à في نسْخ et commandé par يقضي .

8 - سِيَر : pl. de سيرة , «*Biographie des saints et des grands hommes* ». سيرة الرّسول : *la vie du Prophète* (de «l'Envoyé») .

9 - ... وعلى : cette phr., comme la suivante, est une phr. nom. inversée, (cf. gram. 9b) f.f. de حال .

10 - شَجَر : comme ورَق (note 2, p. 120) : pl. collectif de شجَرة .

11 - قُدّوس : c'est l'intensif de قدِّيس , *saint*.

Quant à Abouna Matta, il s'en retournait les bras chargés de rameaux, de tiges de lin, de palmes, d'aiguilles, et de tous les autres matériaux propres à la confection des couffins et des cageots. Lorsqu'il en avait fini avec toutes ses obligations spirituelles, il bénissait les modestes talents que notre Seigneur Jésus lui avait accordés et œuvrait de ses deux mains, à l'image du Charpentier divin, plein d'allégresse, chantant des cantiques. A la fête suivante, il reprenait le chemin du couvent, chargé de paniers tressés, au dessin naïf et harmonieux, de cageots aussi solides qu'élégants, de couffins parfaitement ronds.

C'est ainsi qu'Abouna Touma passait ses jours et ses nuits, plongé dans une rêverie à demi consciente, pleine des saintes paroles qu'il répétait à voix basse, tout en copiant, perdu dans un nuage peuplé par les visions de la beauté de Jésus, de la pureté de la Vierge et de la douceur d'un Royaume céleste dans la Jérusalem à venir.

---

1 - ... وملْءُ : *«et toute la contenance de ses deux mains...»* Phr. nom. inversée f.f. de حال .

2 - ... ونَحْوها مِن : *«et semblable à elle, en fait d'instruments...»*

3 - واجباته : porte le – bien que c.o.d., car pl. régulier fém.

4 - كُلَّها : le ها , se rapporte à واجبات. Tournure classique consistant à placer كُل après le nom et au même cas (en apposition), avec un pron. affixe s'y rapportant; formule équivalente : كُلَّ واجباته .

5 - إيّاهُ : pron. pers. c.o.d. Forme utilisée, en deuxième position, lorsque le v. commande 2 c.o.d., pron. pers. Ici : *«le Seigneur Jésus les lui a accordées.»*

6 - مُقلِّداً : *imitant*, p. act. de (cf. gram. 5).

7 - ... وعلى كَتفيه : *«et sur ses deux épaules et dans la contenance de ses deux mains les paniers...»* Phr. nom. inversée, f.f. de حال .

أمّا أبونا متّى فكان يعود ، وملءُ [1] يدَيه سعَف النّخْل وخُيوط الكتّان والخوص والإبَر ونحوِها[2] من أدَوات خصْف القفَف وصناعة الأقْفاص . فقد كان ، بعد أن يُؤَدّي واجبَاته[3] الرّوحيّة كلَّها [4] ، يُبارِك المَواهِب المُتَواضعة الّتي منَحَها إيّاهُ [5] الرّب يسوع، فيعمَل بيديه في إبتِهاج ، مُقَلِّداً [6] النّجّار الإلهي ، مُتَرَنِّماً بالتّسابيح، ليعود في العيد التّالي إلى الدَّير، وعلى كتِفيه[7] وملءُ يديه، السِّلالُ المجدولةُ بشكْل ساذَج وجميلَ ، والأقْفاصُ الخشَبيّة[8] من سعَف النخل في غاية القُوَّة والرِّقّة، والقفَفُ [9] المخصوفة [10] في دَوائِر تامّة الاستدارة .

وعلى هذا النّحْو ، كان أبونا توما ، من ناحيته ، يعبُر أيّامه ولَياليَهُ [11] ، حالماً في غيْبوبة من الكلمات المُقدَّسة ، يُرَدِّدها بصَوت خفيض وهو ينسَخ في غيامة من جمال يسوع وطُهْر العذْراء ، ونعيم الملَكوت في أورَشَليم[12] الآتية .

---

8 - الأقْفاصُ الخَشَبيَّة : «*les cageots en bois* [*faits*] *de palmes infiniment solides et minces.*»

9 - ... والقفَف : «*les couffins confectionnés* [*selon*] *des cercles parfaits quant à la rotondicité.*»

10 - مَخْصوفة : comme مَجْدُولة , *supra* : forme مفعول (cf. note 5, p. 118).

11 - لَياليَهُ : c.o.d. Δ la َ – apparaît sur le ي final contrairement au و .

12 - أورَشَليم : terme utilisé par les Églises du Proche-Orient dans son sens spirituel. Sinon on utilise le terme القُدْس .

La cellule d'Abouna Matta, spacieuse, bien éclairée, avait son plafond percé d'une large ouverture. A travers elle, il voyait le ciel, les nuages blancs errant à l'aventure sur les flots bleus du firmament, et puis les étoiles du soir qui brillaient tandis qu'il travaillait tout en psalmodiant d'une voix sonore.

Combien de fois, les jours de fête, avait-on vu les deux ermites se rendre à la chapelle, prier devant l'autel et confesser leurs péchés ? Nul ne le savait au juste. La bibliothèque du couvent était pleine des beaux recueils copiés par Abouna Touma, les allées et les cellules du couvent étaient pleines de corbeilles et de couffins. Il n'y avait pas un seul moine qui, en entrant au couvent pour la première fois, n'avait de souvenir d'avoir connu les deux ermites, vivant dans leurs deux cellules isolées, ni jeunes ni vieux, comme si le temps n'avait pas prise sur eux.

---

1 - أمّا أبونا ... : «*quant à Abouna Matta, sa cellule était...*» (cf. gram. 9d). Remarquer dans cette phr. une succession de phr. nom. ou verbales, s'enchaînant l'une à l'autre par un pron. pers. de rappel.

2 - تطْفو : se rapporte à السُحُب , du v. طفا , *flotter*.

3 - وتلمَع فيها : coord. à يرى , le pron. de rappel se rapportant à فَتْحة .

4 - وهو يخصِف : «*alors qu'il tresse* [*les couffins*].»

5 - الراهِبان : *les deux moines*. Ici syn. de ناسِك , *ermite*, d'où la traduction.

6 - فيها : est appelé par مرّة auquel se rapporte le pron. affixe.

7 - صَلّيا : duel de صَلّى —> يُصَلّي , *prier*.

8 - امتَلأ : comme اعتَرَف ci-dessus : forme VIII (cf. gram. 8).

أمّا أبونا [1] متّى فكانت صَومَعته فسيحة ومُنيرة ، في سقْفها فتْحةٌ واسعة ، يرى منها السّماء والسُّحب البَيضاء الطّائشة تطفو [2] على أمْواج الضَوء الزّرْقاء ، وتلمَع [3] فيها نُجوم المساء ، وهو يخصِف [4] ويُسبح في صَوت جهير .

كم مرّةً توجَّهَ الرّاهبان [5] فيها [6] إلى الكنيسة في العيد ، وصلَّيا [7] في الهَيكَل ، واعترَفا بخطاياهُما ؟ لا أحَد يدري على وجْه التّحقيق . لقد إمتَلأَتْ [8] مكتَبة الدَّير بالكُتُب الجميلة الّتَي نسَخها الأب توما . وامتلأَت الأرْوِقة والصَّوامِع بالسِّلال والقفَف . وما من راهب [9] في الدَّير إلاّ وهو يذكُر أنّه ، عندَما جاء [10] الدّيرَ لأوَّل مرّة ، كان الرّاهبان في صَومَعتَيهما المُنعَزلتَين ، لا هُما [11] بالشّابَين ولا بالشَّيخَين ، كَأنَّهما [12] لا يعرِفان معنى الزّمَن .

---

9 - ما مِن راهب : *pas un seul moine*. Négation appuyée, لا راهباً , *pas un moine*. Noter le restrictif إلاّ .

10 - جاء : *venir* se construit, en ar. clas., sans prépos., comme un v. transitif. Il peut se construire également avec إلى .

11 - لا هُما بـ : la prépos. بـ marque une négation appuyée (cf. note 9). «*Ils ne sont – tous deux – absolument pas.*»

12 - ... كأنَّهُما : «*comme s'ils ne connaissaient pas la signification du temps.*»

Parfois, ils s'interpellaient à travers les parois de leurs cellules pour évoquer la gloire du Seigneur ou s'émerveiller des signes qu'Il donnait à voir, jour et nuit, à nos yeux de pécheurs : la limpidité de la lune, la pureté du ciel, la douceur de la brise à la tombée de la nuit, après une journée de chaleur.

Jamais ils ne s'arrêtaient, celui-ci tressant et entrelaçant, celui-là copiant et dessinant, heureux en l'Esprit, maîtres de leur corps, vainqueurs de Satan par la bénédiction de Jésus le Crucifié et la grâce de notre Sainte Mère.

En cette nuit de Babah, Abouna Touma songeait à Satan. Les Saints Pères ne nous avaient-ils pas invités à penser à l'ennemi pour mieux nous préserver de lui, nous y préparer et le vaincre par la force de l'Esprit ? Abouna Touma se rappelait comment Satan avait éprouvé le seigneur Dieu dans le désert. «Ne tente pas le Seigneur ton Dieu, ne tente pas le Seigneur ton Dieu ! »

---

1 - آياته : pl. de آية , *signe* et *miracle*. Les versets du Coran – et de l'Évangile – sont également آية . *Ayatollah* , آيَةُ اللّه , *signe de Dieu.*

2 - ... لأعيُننا : *«à nos yeux pécheurs.»*

3 - رِقَّة de رقيق : *fin, mince,* et *doux.*

4 - ظافِر بِـ : p. act. de ظفَر بـ , *triompher de* . syn. : تغلَّب على ، انتَصَر على .

5 - مُقَدَّسة : p. pas. de قدَّس , *sanctifier* (cf. gram. 5).

6 - بابة : mois copte commençant le 10 ou le 11 octobre.

7 - لم يَدْعُ : v. يدعو à l'apocopée. Dans ce cas la voyelle longue tombe. Le أ mis en préfixe est un interrogatif.

وكانا يَتناديان أحْياناً من وراء جُدْران صَومَعتَيهما ، لِيذكُرا مجْد الرّب أو يتعجَّبا لآياته[1] الّتي يُظهِرها لَيلَ نَهارَ لأعيُنُنا[2] الخاطئة : نقاوَة القمَر أو رِقّة[3] السّماء أو لُطْف النّسيم في أوَّل اللَيل ، بعد يَوم حارّ .

وما يزالان يعملان : هذا يخصِف ويجدل ، وذاكَ ينسَخ ويرسُم ، سعيدين بالرّوح ، ظافرَين[4] بالجسد ، مُتَغَلِّبين على الشّيطان ، بِبـركة يسوع المصلوب ونِعمة الأُمّ المقدَّسة[5] .

وفي تلك اللَيلة من "بابة"[6] كان أبونا توما يُفكِّر في الشَّيطان . أَلَمْ يدعُ[7] الآباء القدّيسون إلى التّفْكير في العدُوّ ، حتّى نتَّخذَ منه حذَرنا ونُعدّ[8] له عُدّتنا ، ونقهره بالرّوح ؟ وذكَر الأب توما كيف كان الشّيطان يُجرِّب الرّبّ إلَهَنا[9] في البرِّيّة[10] . لا تُجرِّب[11] الرّبّ إلهك ! لا تجرّب الرّبّ إلهك ! .

---

8 - ... نُعدَّ de أعَدَّ [له] العُدّة : expr. figée : *s'y préparer pleinement*. V. au منصوب car coordonné à نتّخِذَ .

9 - إلَه : se prononce إلاه .

10 - البَرِّيّة : *désert,* souvent utilisé par la littérature chrétienne de préférence à صحْراء .

11 - لا تُجَرِّب : la ـِ remplace, en cas de liaison, le ـْ final (ici, le ـْ du مَجزوم) (cf. note 3, p. 28).

Bientôt, le seigneur des armées l'emportera sur les forces du mal. Satan restera emprisonné durant mille ans et la paix régnera dans la glorieuse Jérusalem à venir. Mille ans ? Son esprit était troublé cette nuit-là. Et après ce millier d'années ? Il n'arrivait pas à s'en souvenir exactement. Son regard s'était légèrement assombri parce qu'il voyait l'ancienne Jérusalem, au temps où le Seigneur était descendu sur cette terre. Au milieu des tombes désertes remplies d'immondices, erraient tous ceux que Satan avaient possédés ; les malheureux déambulaient, hagards, en s'arrachant les cheveux, décharnés, n'ayant ni nourriture ni refuge, les yeux étincelants. Ils lançaient des aboiements, de leurs voix rauques, pour que le Seigneur Jésus, passant parmi les tombes, les délivre du Malin.

---

1 - لَسَوْف : ce لَـ avant سَوْف – signe du futur – est intensif : لام التَّوْكيد .

2 - ... يَسود فيها : *«pendant lesquels régnera la paix .»* ها dans فيها est un pron. de rappel.

3 - أرْضَنا : c.o.d. se rapportant à نزَل , v. qui, en ar. classique, se construit sans prépos.

4 - يَجْرون : de جرى —› يجري . Syn. : ركَض , *courir.*

5 - ... إذ يمُرّ على / بـ ... : *«lorsqu'il passe par.»*

6 - **IMPORTANT** : comment retrouver le sing. d'un plur. obtenu par infléxion interne (irrégulier) ?

Retenons cette règle : très souvent les substantifs de la forme

ولَسَوْفَ[1] يتغلَّب ربّ الجُنود على قُوّات الشّرّ ، ويحبِس الشّيطان أَلْف سنة ، يسود فيها[2] السّلام ، في أورَشَليم المجيدة الآتية ! أَلْفَ سنة ؟ كان ذهْنه مُضطَرِباً اللَيلة . وبعد هذه الأَلْف ؟ لم يكُن يذكُر تمَاماً ماذا يحدُث بعد هذه الألف سنة . وعَيناهُ مُظلمتان قليلاً لأنَّه كان يرى أورَشَليم الماضية ، أيّام نزَل الرّبّ أرضَنا[3] هذه : في القُبور[6] القذِرة الموحِشة ، يَهيم بينَها من مسَّهم الشّيطان ، أولئك التُّعَساء يجرون[4] بين المقابِر ، وهم يُمزِّقون شعُورهم[6] ، مُهلهَلين ، بلا طعام ولا مأْوى ، بأعْيُنٍ مُتَألِّقة وأصْوات[6] مبحوحة ، يعْوُون إلى الرّبّ يسوع ، إذ يمُرّ على[5] المقابِر ، أن يُخلِّصهم من الشِّرّير .

فُعول ou أفْعال sont le pl. d'un nom formé de trois lettres (suivies ou non d'un ة) : ainsi
- قُبور (فُعول) est le pl. de قَبْر , شُعور de شَعْر et نُجوم de نَجم ou نَجمة .
- أصْوات (أفْعال) est le pl. de صَوْت , أعْمال de عَمَل et أشْجار de شَجر ou شَجرة .
Il suffit donc d'élaguer le nom pl. de ses voyelles longues et éventuellement du أ initial.

Le Sauveur les prenait en pitié et, sur Son ordre, Satan sortait d'eux, et entrait en un troupeau de pourceaux qui se précipitaient des pentes escarpées dans la mer, poussant à leur tour des grognements, les gueules luisant de sang et d'écume, et qui se bousculaient et tombaient dans les flots, suffoquant, grognant, glapissant, couinant tandis qu'ils s'enfonçaient. Un frisson le parcourut tandis qu'il contemplait l'ombre rougeâtre que projetait la bougie sur le mur de sa cellule. Ces ombres qui avaient peuplé toutes les nuits de son existence, elles lui paraissaient étranges cette nuit-là. Il pensait à ces aboiements, à la faim aux yeux étincelants, aux démons qui venaient se coucher dans l'obscurité au-dehors de sa cellule et qui lançaient des aboiements stridents, déchirant la nuit. Pourquoi le Seigneur les laissait-Il ?

Ils aboyaient dans la nuit et piétinaient l'Esprit, le lacéraient, le sang et l'écume s'amassaient sur leurs gueules puis ils périssaient dans les flots où ils s'étaient précipités.

---

1 - المُخَلِّصُ : se mettrait normalement après l'auxiliaire كان , p. act. de خلّص , *sauver.*

2 - قطْعان : pl. de قطيع , *troupeau.*

3 - مِن على الجُرُف : «*de dessus de la falaise.*»

4 - وعَلى ... : «*alors que sur leurs mâchoires, le sang et l'écume* » (cf. gram. 9b).

5 - وهي تشْرَق ... : «*alors qu'ils suffoquent et s'enfoncent, alors qu'ils grognent, glapissent, couinent.*»

6 - ظلال : pl. de ظلّ , *ombre.*

7 - لَيالَيَ : cf. note 11, p. 123.

وكان يتحنَّن عليهِم المُخلِّص[1] ، ويأمُر الشّيطان فيحِلّ في قطْعان[2] من الخنازير الّتي تنطلَق فجأةً من على الجُـرُف[3] ، وهي تعوي بدوْرِها وعلى[4] أشْداقِها الدّمُ والزّبَد، تتَدافَع إلى البحر وتسقُطْ في الـمـاء وهي تشرَق[5] وتغوص ، وهي تقبَع وتعوي وتموء . وهزَّتْه قُشَعْرِيرة وهو ينظُر إلى الظِّلال[6] المُحمرَّة الّتي تُلقيها الشّمْعة على جِدار صومَعته . هذه الظّلال ، الّتي عمرت لياليَ[7] حياته ، تبدو له هذه الليْلَة غريبةً . وهو يُفكِّر في النُّباح والجوع ذي الأعْيُن المُتَألِّقة ، والشَّياطين تأتي لترقُد في الظُّلْمة خارجَ صومَعَته ، وتُرسِل العُواء عالياً[8] يُمزِّق اللَيل . لماذا الرّبّ يتركُها ؟

هذه الشَّياطين تعوي في اللّيل ، وتطَأُ الرّوح بأقْدام[9] من الشَّوك . تُطلِق الدِّماء والرّغْوَة إلى الأشْداق ثمّ تختَنِق في الماء بعد أن تسقُط من الجُرُف .

---

8 - عالياً : adv., *haut.*

9 - ... بأقْدام : «*avec des pieds épineux – d'épines.*»
Rappel : أقْدام et أشْداق sont les pl. de la forme أفْعَال qui, après suppression du أ initial et du ا médian, donnent: قدم et شدق (cf. note 6, p. 129). Il suffit alors de se référer au dictionnaire pour vérifier la vocalisation : قَدَم et شِدْق .

Pourquoi le Seigneur les laissait-Il ? «Ne tente pas le Seigneur ton Dieu ! » C'était écrit dans le Livre. « Ne tente pas le Seigneur ton Dieu ! »

L'ermite avait peur. Le vent soufflait doucement. Il comprit qu'il endurait une épreuve qui ne venait pas de Dieu. Quand donc son cœur s'apaiserait-il ? Quand serait-il raffermi par l'Esprit ?

Il s'agenouilla, se mit à prier et demanda pardon à Dieu en fermant les yeux. Son visage s'empourpra, comme s'il avait bu un vin mauvais. Cette nuit-là, la prière ne faisait qu'attiser en lui sa fièvre, son angoisse et sa faim de Dieu, une faim que Satan lui-même, se demandait-il, avait peut-être fait naître en ses entrailles... Il se sentait triste cette nuit-là, le cœur fragile, comme un nourrisson dans les langes.

Brusquement, il saisit sa plume et se tourna vers la feuille, recopiant une épître des Apôtres si compliquée qu'il n'en comprenait presque pas le sens bien qu'il la connût par cœur.

---

1 - مِنَ اللّه : Δ après une ـَ ou une ـُ , le ل de الله se prononce avec une certaine emphase.

2 - يَسْتَغْفِر : de اِسْتَغْفَر . <> v. de la forme IX (cf. note 2, p. 96).

3 - الآب : *le Père* , dans le sens chrétien. Ne pas confondre avec أب .

4 - ... زادَتْه : *«elle l'a augmenté en fièvre...»*, حُمّىً au cas dir. car تَمْيِيز (cf. gram. 4).

5 - لعَلَّ : *peut-être que*, fonctionne comme إنَّ (cf. note 4, p. 46 et gram. 9b).

لماذا الرّبّ يتركُها ؟ لا تُجرّب الرّبّ إلهك ! مكتوبُ في الكتاب : لا تُجرّب الرّبّ إلهك !

كان الرّاهب خائفا ، وكانت الرّيح تزِفّ . وأدرَك أنّه يُعاني تجرُبة لَيستْ من اللّه[1] . فمتى يهدَأ قلْبه ومتى يتقوَّى بالرّوح ؟

ركَع وراح يُصلّي ويستَغفر[2] الآب[3] ، مُغمضاً عينَيه . والتَهَب وجْهُه كأنّه شرِب خمْرَة شريرة . والصَّلاة زادتْه[4] اللَيلة حُمّىً وقلَقاً وجوعا إلى اللّه : جوعاً لعَلَّ[5] الشّيطانَ نفسَه فتَحه في أحْشائه . إنّه لا يدري إنّه حزين ، هذه الليلة ، وضعيف بالقلب[6] ، كأنّه طفلُ في لَفائف أُمّه .

وأمسكَ قلَمه فجأةً وأقبَل على الورَق ، يَكتُب رِسالة[7] من الرُّسُل[8] ، مُعقَّدة لم يكَدْ[9] يفهَم لها معنى ، على الرَّغم من أنّه يحفَظها عن ظهْر قلب .

---

6 - بالقَلْب ... : *«faible en cœur.»* Il répond aux deux autres éléments : بالرّوح et بالجَسَد .

7 - رِسالة : ici *épître*, mais également : *lettre, message* et *traité*. De la racine : رسَل , *envoyer*. La tournure habituelle serait : رِسالة من رَسائل الرُّسُل .

8 - الرُسُل : pl. de رسول : *apôtre* dans la tradition chrétienne et *envoyé* [de Dieu] dans la tradition musulmane.

9 - يكَدْ : est le مجزوم de يكاد (cf. note 8, p. 30).

Il s'arrêta. Il n'avait pas fait de signe de croix à la fin de sa prière, avant de se mettre au travail, pour la première fois de toute son existence. Il se hâta d'en faire un, d'une main tremblante. Cette nuit n'en finissait pas.

Il retrouva peu à peu cette élégante calligraphie dont il avait rempli la bibliothèque du couvent, se laissant gagner insensiblement par la rêverie : épître aux Thessaloniciens, aux Romains, aux Corinthiens, aux Éphésiens... Des villes où vivait encore l'ermite puisqu'il n'en connaissait pas d'autres. Des villes étendues, païennes, superbes, avec des palais de marbre blanc et poli, des colombes sur les arbres, des hommes, sur la voie de la perdition, en proie à leurs préoccupations terrestres, des femmes en vêtements de soie vaporeuse. Il avait tout oublié de la crise de cette nuit, de son épreuve. Dehors, le vent hurlait.

---

1 - ... ويَداه : phr. nom. f.f. de حال. Le ن tombe du duel يدان à cause du pron. affixe (cf. note 6, p. 18).

2 - ... استَحال : *«et son écriture se transforma... en cette belle écriture...»*

3 - ... إلى أهْل : *«aux habitants de...»* Dans le passage suivant ce mot est sous-entendu. Autre signification : *parents, parenté.*

4 - غَيْرَها : Δ devant un adj., غير marque la négation : غير كبير, *pas grand* ; mais devant un nom ou un pron. il signifie *autre que*.

ثمّ توقّف : إنّه لم يرسُم علامة الصّليب على وجْهه عندما إنتَهى من صلاته وأقبَل على كتابته ، ولأوَّل مرّة في حَياته . فرسَمها في تعَجُّل ويداه[1] ترتَعِشان . هذه الليله لا تنتَهي .

واستَحال[2] خطُّه رُوَيداً إلى تلك الكِتابة الجميلة الّتي ملأ بها مكتَبة الدَّير ، وهو يحلُم من غَير أن يُحسّ : رسالة إلى أهْل[3] تسالونيكي ، إلى روميـة ، إلى كورَنْثوس ، وأَفسُس . هذه المدُن الّتي ما يزال يعيش فيها الرّاهب ، إذ لا يعرِف غيرَها[4] . مدُن واسعة وثَنيّة فخْمة ، فيها قُصور[5] من الرُّخام الأبيَض النّاعم ، والحمامُ في الشّجَر ، ورجال ضالّون[6] يُهَرولون[7] في شُئُونهم[8] الدُّنيَويّة ، والنّساء في ثياب حريريّة هفْهافة . وقد نسيَ كلّ شيء عن أزْمة لَيلته ، وعن تجرُبته . وكانت الرِياح تعصِف بالخارج .

---

5 - فيها قصورٌ ... : ph. nom. inversée (f.f. de صفة , cf. gram. 1b), d'où le ٌ .

6 - ضالّون : pl. de ضالّ , p. act. de ضلَّ , *se dévoyer, perdre la juste voie*. Terme utilisé dans la 1re sourate coranique.

7 - يُهَرْوِلون : de هَرْوَل , *accourir, se hâter*.

8 - شُئُونهم : noter cette façon égyptienne d'écrire la همزة dans ce contexte. Autre façon : شُؤُونهم .

Tout à coup, il l'entendit : elle gémissait en de longues et profondes lamentations que le vent prolongeait en plaintes chevrotantes :

– Abouna Touma... Abouna Touma...

Il releva la tête, totalement abasourdi. Qui était celle qui l'appelait avec de pareils accents ? La peur l'assaillit d'un seul coup. En lui-même s'abattit un ouragan qui se déchaînait de toute sa violence. Celle qui criait son nom, avec ces inflexions de voix longues, chaudes et tremblantes, Jésus! qui était-ce ?

La réponse lui apparut d'un seul coup, comme un antidote administré à son esprit aveuglé et empoisonné : Matta ! Cet abruti à côté de lui ! Il l'appelait et le vent, emportant son appel, avait modifié sa voix. L'idiot !

Il sortit de sa cellule. Le vent s'engouffra dans ses amples vêtements noirs tandis qu'il criait :

---

1 - سمِعَها تتَأوَّهُ : «*il l'entendit : elle gémit.*» Le 2e v. f.f. de حال .

2 - ... مُتَهَدِّجة : se rapporte à أنّات , «*chevrotante, exprimant une plainte* ». P. act. forme II.

3 - يا بونا توما : contraction de ... يا أبونا . Dial. Forme litt. : يا أبانا توما .

4 - كُلِّه : noter cet usage de كُلّ , mis en apposition au nom avec un pron. de rappel, = بِكُلِّ عُنْفِها (cf. note 4, p. 122).

5 - المُرْتَعِشة : p. act. de ارتَعَشَ , forme VIII (cf. gram. 8).

ثمّ سمعها ، فجأة ، تتأوّهُ [1] في أنّات عميقة مُمتدّة مع الرّيح ، مُتَهدِّجة[2] في شكاة :

– يا بونا توما [3] .. بونا توما ! ...

ورفَع رأسه في دهْشة كاملة . مَن تلك الّتي تُناديه بهذه اللهْجة ؟ وهجم علَيه الخَوْف دفْعة واحدة . وهبّت الزَّوبَعة تئِزّ في نفسه بعُنْفها كلِّه[4] . هذه الّتي تهتف بإسْمه في تلك النّبِرة الطّويلة الدّافئة المُرتَعِشة[5] ، يا يسوع ، من هيِ ؟

وأشرَق الجواب في ذِهْنه[6] فجأةً ، كَترْياق ينْصَبّ[7] في روحه المُظْلمة المسمومة[8] : إنّه متّى ، هذا الأبْلَهُ بجِواره ، يُناديه[9] والرّيحُ تحمِل إلَيه النِّداء فتُغَيِّر من نبِراته . الأحمَق !

وخرَج من صَومَعته ، وعصَفت الرّيح بثِيابه السَّوداء الفَضفَاضة ، وهو يصيح :

---

6 - ذِهْن : c'est l'esprit dans le sens d' *intellect*, du latin *mens, mentis*. Syn. possible : فكر ، عَقْل .

7 - ينصَبُّ : de انْصَبَّ , *se déverser*. Phr. f.f. de صفة .

8 - مَسمومة : <> forme مَفْعول , car p. pas. de forme I (cf. note 5, p. 118).

9 - يُناديه : phr. f.f. de حال : «*C'est Mathieu* [*qui*] *l'appelle*.» La phr. suivante également f.f. de حال .

– Abouna Matta, pourquoi donc appelles-tu ?

La réponse lui parvint sous la forme d'une exclamation étonnée, déconcertée même :

– Au nom du Père, du Fils et du Saint Esprit ! Que dis-tu, Abouna Touma ?

– Pourquoi donc m'appelles-tu ?

– Qu'une tombe t'engouffre y'Abouna ! s'entendit-il répondre dans un rire. Pourquoi t'appellerais-je ? Mais c'est le vent ! Pourquoi t'appellerais-je à une heure pareille, mon frère ?

– Ah ! bon, le vent...

Ce n'était donc rien d'autre que le vent, et il n'y avait pas d'appel, il était contrarié, furieux contre lui-même. Et Matta, cet abruti, qui se moquait de lui ! Il martelait le sol de ses pas, en revenant, et le vent battait ses amples vêtements noirs.

– Qu'une tombe t'engouffre, Abba Chenouda, ton mystère est vraiment puissant !

---

1 - ... واي : dial. : نعم يا أبانا متّى ، لماذا أنت تُنادي .
Le بـ avant le v., souvent renforcé par عَمْ , indique une action en instance : *en train de*.

2 - بتجول إيه ؟ : dial. où le جـ se prononce [G] en égyptien (comme dans *langue*) : ماذا تقول ؟ .

3 - ... واه : dial. : نَعم ، لماذا تُنادي علَيَّ .

4 - جَبْر : dial. ; forme litt. : قَبْر . Expr. familière exprimant l'énervement.

5 - ... بنادم ليه : dial., le litt. dirait :
لماذا أُنادي ؟ هذه هي الرِّيح . ولماذا [تريدني أن] أَصيحَ بِكَ [في مِثلِ] هذهِ السَّاعة يا أخي ؟

– وايْ[1] يا بونا متّى . عَمْ بِتِنادِمِ ليه ؟

وجاءه الرَّدّ في صَيْحة مُندهشة مبغوتة :

– بِسْمِ الآب والابن والرّوح المُقَدَّس .. بِتْجول[2] إيه يا بونا توما ؟

– واه [3] ، عَمْ بِتْنادِمِ عليّ ليه ؟

وسمِعَ الإجابة الضاحكة :

– جَبْر[4] يا بونا ، جَبْر . بْنادِمِ ليه[5] ؟ دي الرّيح ، يا واه . وأنا هاعَيِّط عَلَيْكْ السّاعة دي ليه يا خويَ ؟

– بُه ، الرّيح !

إذن[6] فهِي الرّيح مِن أوَّل الأمْر لآخِره . ولَيْس ثَمَّ نداء . وإمتَعَض وحنَق على نفسه . وهذا الأبْلَه ، متّى ، يَرُدّ علَيه[7] هازئاً . وهو يضرِب الحصَى[8] بقدَمَيه ، راجعاً ، والرّيح تضرِب ثيابه السَّوْداء الفَضفاضة .

– جَبْر يا بوشَنوده[9] ، جبر . دَتاري[10] سرَّكْ باتِـع صِحّ !

---

6 - إذَنْ ... : *«c'était donc le vent, du début jusqu'à la fin.»*

7 - يَرُدّ عليه ... : *«il lui répond, en se moquant.»* Δ هازِئا est par. act. de la forme فاعِل .

8 - الحَصى : pl. collectif de حَصْوَة , *gravier.*

9 - بو شَنودة : ou شَنودة (cf. *infra*) : *Un grand saint de l'Église copte.*

10 - دَتاري ... : dial. Transcription litt. :
ها أنتَ ذا ترى أنَّ سِرَّك نافِذٌ حقّاً .

Il était encore enfant, en Haute-Égypte, dans son lointain village. Il avait entendu le cri de sa mère, debout devant le four à pain, alors qu'un énorme scorpion, le dard dressé, se dirigeait vers elle, à toute vitesse, sortant de dessous un tas de bouses de vache séchées. Sa mère avait invoqué saint Chenouda – son intercesseur habituel en cas de danger – pour qu'il arrête cette menace surgissant à l'improviste. Elle avait hurlé de toutes ses forces, comme si le ciel avait dû l'entendre, tellement sa terreur était grande :

– Arrête-le, Abba Chenouda, arrête-le !

Revenant à sa cellule, l'ermite entendit ce cri qui éveillait tous les échos de son enfance. Le scorpion s'était arrêté, comme si le hurlement l'avait cloué au sol, comme si le saint l'avait paralysé sur-le-champ. La mère avait fondu sur l'animal en empoignant la première chose qui lui était tombée sous la main, une bouse séchée, et elle l'avait tué tandis que la bouse se brisait. Ce cœur simple n'avait pu alors s'empêcher de s'exclamer :

---

1 - سمِع أُمَّه ... وقد رأت :«*il a entendu sa mère... alors qu'elle voyait un scorpion.*»

2 - تنْطَلق : de انطَلَق . <> forme VII (cf. gram. 8).

3 - في سُرْعةٍ عمْياَء : «*à vitesse aveugle .*»

4 - ... شفيعِها إذ ... : au cas مجرور car apposition à بالقدّيس ; «*son intercesseur lorsque le danger l'encercle.*»

5 - الفَزَع : le sens premier : *la grande peur*.

6 - بأَعلَى صَوْتِها : «*du plus haut de sa voix.*»

7 - ... ومِن حرارة ... : «*et [à cause] de la chaleur de sa terreur.*»

وهو طفل في الصّعيد ، في قريَته البعيدة ، سمع[1] أُمّه من أَمام الفُرْن ، ذاتَ صباح ، وقد رأَتْ عقْرَباً ضخْمة شائلةً ، تنطَلق[2] نحْوَها من تحْت أقْراص الجلّة الجافَة ، في سرْعة عمْياء[3] . وصاحَت أُمَّه بالقدّيس أبو شَنوده – شفيعِها إذْ[4] يلِمّ بها الخطَر – أن يوقف هذا الفزَع[5] الدّاهِم ، صارخةً بأعلى صوْتها[6] ، كأَنَّما تُريد أن يسمَعها في السَّماء ، ومن حرارة[7] ذُعْرها :

ـ وَجفْهُ[8] يا بوشنوده ، وَجِّفْ !

وسمِع الرّاهب صرْختها تتردَّد[9] في جنَبات طُفولته ، وهو يعود إلى صَوْمعته . وقد وقَفتْ العقْرَب كأنَّما الصّرْخةُ العالية سمرَّتْها بالأرض ، كأنَّما القدّيس شلَّها على الفَوْر . ولم تتَمالَك الأمّ ، في طيبة قلْبها[10] ، أن تهتف ـ وهي تهبِط على العقْرَب بأقرب شَيء وقَعت علَيْه يدُها : قرِصاً[11] جافّاً من الجلّة ، فتقتلِها ، وينكَسِر القِرْص ـ :

---

8 - ... وَجْفُه : dial. = وَقِّفْه ou أَوقِفْهُ .

9 - ... تَتَردَّد في : *«il entendit son cri se répercuter dans les replis de son enfance.»*

10 - في طيبَة قلبِها : *«dans la bonté de son cœur.»*

11 - ... قرْصاً : *«une galette séchée de bouse»*. Le paysan égyptien l'utilise pour faire du feu.

– Qu'une tombe t'engouffre, Abba Chenouda, ton mystère est vraiment puissant !

Il entra dans sa cellule et il sentit le vent de la nuit qui s'infiltrait avec lui, faisant vaciller la flamme de sa bougie. Quand arrivaient les nuits d'automne, sa mère avait coutume de s'écrier :

– C'est Babah, entre et ferme bien la porte !

Ils fermaient soigneusement portes et fenêtres. Il s'asseyait près de sa mère, à côté du four. La marmite de lentilles rouges bouillait et remplissait la pièce d'un fumet agréable, les poules endormies caquetaient dans leurs rêves ; les chèvres et les gamousses, à l'autre bout de la pièce, ruminaient dans une paresseuse somnolence. De ces corps énormes, de leurs excréments, de leur tiédeur, se dégageait une bonne odeur lourde et piquante.

Il tendit la main, à la recherche de la tiédeur du four, situé quelque part du côté du soleil levant, mais elle ne rencontra que le vide. Il frotta ses yeux fatigués, posant son regard sur les piles de feuilles, sur les bouteilles souillées d'encre, recouvertes d'une fine poussière de sable, sur les roseaux à côté du couteau qui lui servait à tailler ses calames.

---

1 - ... شنودة : cf. notes 9 et 10, p. 139.

2 - ذُبالة : sens premier : *mèche*. *Flamme* : لَهَب .

3 - ... بابه : dial., le litt. dirait :
(*le battant*) هذا بابه ، أدخُل واقْفل المصْراع .

4 - العدس الأصْفَر : «*lentilles jaunes*», par opposition à l'autre espèce de lentilles : العَدس الأسوَد .

5 - لذيذ : sens premier : *délicieux*.

6 - الجاموسة : «*gamousse* » ou *bufflesse*. Depuis toujours le paysan égyptien entretient un rapport très fort avec cet animal : il vit avec lui sous le même toit et tire profit de son lait et de sa bouse, mais il ne le met jamais à mort. Animal presque sacré, sa mort provoque un grand deuil ; il est représenté sur les tombes anciennes.

7 - ... وهي ناعِسة : «*alors qu'elle somnole, en* [*état de*]

ـ جَبْر يا شَنوده [1] ، جبر . دَتـاري سرَّكْ باتـع صَحّ !

ودخَل صَومَعته فأحَسّ ريح اللَيْل تتسلَّل معه ، وتعصف بذُبالة [2] شمْعته . كانت أمّه تقول إذ يأتي لَيْل الخريف :

ـ بابه [3] ، خُشْ واجْفل الدرابه !

وكانوا يُحكمون إغْلاق الباب والنَّوافذ جميعاً ، ويقعد جوارَ أُمّه بجَنْب الفُرْن، وإناء العدَس الأصفر [4] يغلي ويملأ المكان بعبَق لذيذ [5] ، بين الدّجاجات النائمة الّتي تنقّ في أحْلامها. والماعزُ والجاموس [6] ، في طرَف القاعة، تجترّ طعامها وهي ناعسة [7] في كسَل، تنبعث عن جِسْمها الضّخْم ورَوْثها ودفْئها رائحةُ حرّيفة [8] ثقيلة طَيِّبة.

ومدّ يده يلتَمس دفْء [9] الفُرْن من الجهة الشرْقيّة [10] ، ووقَعت [11] يدُه على فراغ . ففرَك عَينَيه المُتعَبتَين ، وهو ينظُر إلى أكْوام الورَق والزُّجاجات القَذرة من الحِبْر ، يكسوها الرّمْل النّاعم الجافّ ، وأعْوادِ الغاب تحت السِّكّينة الّتي يبري بها أقْلامه .

---

paresse.» Ce p. act. a valeur de v. (cf. note 3, p. 102).

8 - ... حرّيفة : noter l'ordre de ces épithètes et l'absence de coordination.

9 - دفْء : en fin de mot, la همزة précédée de ْ (ou d'une voyelle longue non vocalisée) s'écrit sans support. Voir : ... يَموء ، ماء ، شَيْء

10 - الجهة الشَّرْقيّة : «*du côté oriental.*» Traditionnellement, le four se trouve du côté du soleil levant, pour mieux garder la chaleur (?)

11 - وقَع على : *trouver, tomber sur,* ≠ وقَع في .

Ces souvenirs futiles. La peur, les chimères, les mensonges, qui sont dans le cœur et sur les lèvres, comme un feu ardent.

Et dire qu'on n'était qu'au début de la nuit...

Il s'agenouilla pour prier, la bougie versait sa dernière larme de lumière. La prière referma ses bras sur lui en vagues de chaleur qui le gagnaient progressivement et déferlaient. Le flux de son émotion jaillissait et tourbillonnait, sensations amoncelées et réprimées qui jaillissaient et éclataient au grand jour en un délire fiévreux. Il suppliait son Dieu de le délivrer, de lui tendre une main secourable, mais son Dieu ne l'entendait pas.

Jésus ! Il avait perdu la raison cette nuit-là ! Un nuage mauvais avait crevé et noyé son esprit sous les visions imaginaires. Cet appel tentateur, tentateur ! Combien de fois s'était-il élevé, pour lui, pour lui seul, l'invitant ? Parfois, il surgissait de l'obscurité, dans un coin de sa cellule, voix basse, conspiratrice, éveillée au cœur de la nuit ; parfois, il était porté par le vent, au-dehors, voix rieuse, cajoleuse, pleine de cette douceur gaie et enjouée qui faisait passer sur son corps un frisson de mort ; parfois encore, c'était une voix nasillarde qui se plaignait et lui faisait des reproches...

---

1 - أوّل : comme subst. : *début*. (Syn. : بداية) ; comme adj. : *premier*.

2 - حارّةً : *«chaude, remontante, se déferlant.»*

3 - إلهه : se prononce إلاهه (cf. note 9, p. 127).

4 - الشّهيّ : *pleine de* شَهْوَة qui est à la fois *le désir, la passion, les pulsions instinctives*.

5 - ينبعث : de انبعث <> : forme VII (cf. gram. 8).

هذه الذُّكْرَيات الباطلة . والخَوْف والوَهْم والأكاذيب ،
الّتي في القلب وعلى شفتَيه ، كالنّار المُتَّقِدة .

وما زِلْنا في أوَّل[1] اللَيل .

وركَع يُصَلّي والشّمْعة تذرف آخِر نورها . وطَوتهُ
الصّلاة بَين ذراعَيها ، حارّةً[2] مُتَصاعدة تتَدافَع ،
ومشاعِره تتدَفَّق وتهضِب. المشاعِر المُكَوَّمة
المحْبوسة تنبَجس وتنفَجِر، في كلمات من الحُمّى .
يدعو إلهه [3] أن يُخلِّصَه ، أنَ يمُدَّ له يَد معونَته . وإلهه لا
يسمَعه .

يا يسوع ! إنّه فقَدَ صَوابَه هذه اللَيلة . وسحابة
شرّيرة أغرَقتْ روحه بالخَيالات . هذا النِّداء الشَّهيّ[4] ،
هذَا النِّداء الشّهيّ ! كم مرّةً ينبَعث[5] لَهُ ، له وحدَه ؟
يدعوه ، مرّةً من الظُّلْمة في رُكْنَ الصَوْمعة ، خافتاً
مُتَآمِراً يقظاً في اللَيل . ومرّة من الرّيح في الخارج ،
ضاحكاً مُعابِثاً ، ناعماً بِتلْك النُّعومة اللاعِبَة المرحة ،
يرتَعِش لها[6] جسَدُه ، كرعْشة المَوت . ومرّةً في
صَوت أغَنّ[7] يشكو ويُعاتِب[8] !

---

6 - يَرتَعِشُ لَها ... : «*son corps en frissonne.* » Ici la prépos.
لـ = من ou بِسَبَبْ , *à cause de*.

7 - أَغَنَّ : et non pas أغنٍّ , car dyptote. (cf. gram. 10).

8 - يُعاتِب : de عاتَب , *faire des reproches*, forme III (cf. gram. 5). Désormais seule la voyelle de l'avant-dernière lettre sera signalée.

Comment le repousser, comment l'écarter ? L'appel lui parvenait suppliant, avec passion, comme s'il se mourait de désir, puis se taisait, avant de l'assiéger à nouveau brusquement, en une plainte profonde qui lui demandait grâce. Cette plainte lui tordait les entrailles en un spasme pareil à la résurgence de la vie dans les veines de Lazare, le ressuscité des morts.

Le Seigneur l'avait oublié. Jésus, qui avait compris les souffrances de Marie de Magdala, qui avait eu pitié d'elle, qui lui avait accordé son pardon, pourquoi ne l'écoutait-Il pas à présent ? Pourquoi restait-Il sourd à son appel alors qu'il frappait à Sa porte, brisé par le repentir ? Combien de fois avait-il dessiné une auréole autour de Sa tête, avec la belle encre rouge ? Combien de fois avait-il entonné pour lui des cantiques et des hymnes ? Pourquoi n'était-Il pas sensible à ses larmes à présent et ne chassait-Il pas loin de lui l'esprit malin ?

Un nuage glacé, lourd de larmes, lui monta aux yeux et creva en une ondée chaude, pleine d'une amertume douloureuse.

---

1 - يُراوِدَهُ : est au منصوب après لِكي .

2 - رعدة تتنزّى : *«un tremblement [qui] bouillonne.»*

3 - المَجْدَليّة : c'est une نسبة de مجدَل , village de Palestine. D'où «la Magdaleine » ou Marie de Magdala, sœur de Lazare.

4 - فَرحِمَها : noter la coord. فَـ indiquant la conséquence : *alors.*

5 - بانْسحاق : «*avec brisement* ou *humilité totale.*»

6 - الأَشْعار : sens premier : *poèmes.*

7 - يُراعي : de راعى , *tenir compte de.*

كيف يصُدّه ؟ كيفَ يُنحّيه ؟ ويأتيه النِّداء ضارعاً في لهْفة ، كأنّه يموت من الشَّوق ثُمّ يصمُت ، لكَي يُراودَه[1] فجأةً في أنين مُسترحِم عميق . ذلك الأنين تهتَزُّ له أحْشاؤُه ، في رِعْدة تتنزّى[2] كإنبِثاقة الحياة نفسِها في لَعازَر القائم من الأمْوات .

والرّب نساهُ . ويسوع الّذي عرَف آلام المجْدَليَّة[3] فَرحمها[4] وغفَر لها ، لِمَ لا يُصغي لندائه الآن ؟ لِمَ لا يسمَع له وهو يقرَع بَابه بإنسحاق[5] ؟ وكم من مرّة وضَع حَول رأسه هالة من النّور ، بالحبْر الأحمر الجميل ! وكم من مرّة أنشَدهُ التّسابيح والأشْعار[6] ! فلماذا لا يُراعي[7] دُموعه ، الآن ، ويطرُد عنه الرّوح الشِّرّير ؟

وإرتَفَعتْ إلى عَينَيه سحابةٌ بارِدة من الدُّموع . ثمّ ذابت في حرارة[8] من المِلْح المُؤْلِم .

---

8 - في حرارة ... : «*dans une chaleur [faite] de sel douloureux .*»

Rappel : أحْشاء , آلام et أشْعار sont des pl. de la forme أفْعال dont les sing. sont : حَشا , أَلَم et شِعر (cf. note 9, p. 131).

Mais le poids qui oppressait sa poitrine continuait à peser. Les larmes n'avaient pas encore jailli. Il y avait quelque chose d'affamé, oui d'affamé, qui lui mordait le cœur, qui suintait dans son sang, qui le faisait se tordre en une suite de crises où il frissonnait et tremblait de fièvre, qui le consumait et le dévastait de part en part. Il priait comme s'il creusait dans les profondeurs de son être. Il se disloquait, comme pris dans un tremblement de terre. Les mauvaises images se rapprochaient de lui, l'assiégeaient. Point de compassion pour lui. Son Seigneur l'avait abandonné dans cette épreuve. Il le laissait lutter avec l'ennemi à mains nues.

– Abouna Touma... Toum...a Toum...a.

Elle l'appelait et le prenait dans l'étreinte de ses bras soyeux. Ses lèvres sur les siennes étaient paisibles et fraîches comme une fleur à peine éclose. Seigneur ! Cette délicatesse, cette tiédeur molle !

Il enserra sa maigre poitrine de ses bras, mais son âme restait glacée et assoiffée.

---

1 - لم يَرْتَفِعْ : *«ne s'est pas levé, soulevé.»* <> V. de la forme VIII (cf. gram. 8). Δ Cette forme revient souvent dans le parag.

2 - لم تَنْهَلَّ : bien que مجزوم le v. porte la ـَ finale : il y a impossibilité phonique de mettre un ـْ sur la ـّ (cf. note 8, p. 73).

3 - بَعْدُ... : précédé par une négation : *ne pas...encore.*

4 - ... ويُلْقِي بِهِ : *«il le jette dans des crises successives de frissonnement et de fièvre.»*

5 - حُفَراً... : *«il creusait des creux »*, pl. de حُفْرَة .

لكنَّ الثِّقَل الّذي يفدَح صدْره لم يرتَفِع[1] . والدُّموعِ لم تنهَلَّ[2] بعدُ [3] . وهناك شَيءٌ ما ، جائع ، جائع ، ينهَش قلبه وينِزّ في دمائه ، ويُلقي به[4] في نَوْبات مُتَعاقِبة من القشَعْريرة والسُّخونة ، تلفَحه وتكتَسحه . وهو يُصَلّي كأنَّه يحتَفِر حُفَراً [5] في أغْوار نفْسه ، ويتكسَّر كأنّه في زِلْزال ، والصُّوَر الشِّرّيرة تقترِب وتحوم حوَله . ولا يجِد رحْمة ، وربُّه قد هجَره في مِحنته ، وترَكَه يُصارِع العدُوّ بالأيْدي العارية .

- أبونا .. توما .. توما ..

تدعوه وتحتَضنه بَين ذراعَين حريريَّتَين ، وتُقبِّله [6] على شفَتَيه بقُبْلة هادئة نديّة كَمَلْمَس زهْرة غضّة . يا ربّاه ![7] هذه الطّراوة ، هَذا الدَفْء اللَّيِّن !

وضمَّ حَول صدرِه النّاحل ذِراعَيه . لكنّ[8] نفسَه مثلوجة[9] صادية .

---

6 - وتُقَبِّلُهُ ... : *«et l'embrassait sur ses deux lèvres d'un baiser paisible, frais, semblable au toucher d'une fleur...»*

7 - يا ربّاهُ : au lieu de يا ربّ , exprime le vocatif + appel au secours.

8 - لكنَّ : Δ le suj. de la phr. nom. introduite par لكنَّ est منصوب et son attrib. est مرفوع (cf. gram. 9c).

9 - مَثْلوج , au propre : *enneigé,* au figuré : *celui qui est dans la torpeur.*

Que non, ô Dieu, que non ! C'était Satan qui le mettait à l'épreuve !

Sa tête tomba sur sa poitrine. Il regarda son calame tombé par terre, avec désespoir. Ses mains se mirent à tâtonner parmi les feuilles, comme pour rechercher quelque chose qu'elles connaissaient, jusqu'à ce qu'elles trouvent le petit crucifix d'argent que lui avait offert le supérieur du couvent. Il regarda le crucifix un instant, les yeux dans le vague, et l'approcha de ses lèvres tremblantes, lentement, progressivement. Ses lèvres brûlaient d'un désir pareil à la morsure du sel. D'un geste brutal et imprévisible, il écrasa le crucifix contre sa bouche et l'embrassa avec une violence amère. Un baiser brisé, broyé, encore et encore. Puis il enfouit brutalement sa tête entre ses bras. Son corps tressaillit et, pour finir, des larmes s'échappèrent de ses yeux, chaudes, comme autant de lambeaux sanguinolents arrachés à son âme. Il sanglotait d'une voix rauque et profonde qui lui fit peur à lui-même et il tremblait.

---

1 - أهْداه : de أهْدى —> يُهدي , *offrir.* D'où هَدِيّة , *cadeau.*

2 - إيّاهُ : 2e c.o.d. pron. du même v. (cf. note 5, p. 122). Dans ce cas le nom suj. vient obligatoirement après.

3 - شاردتَيْن : p. act. de شرَد , *errer.*

4 - ... وشَفَتاهُ : suj. d'une phr. nom. complexe (cf. gram. 9d).

5 - يشعَفهما : du v. شعَف , *couvrir, dominer,* peu courant : *«ses lèvres, une nostalgie brûlante comme le sel les couvraient.»*

كلاّ يا إلهي ، كلاّ ! هذا الشَّيطان ، يُجرِّبه .

وانحَدَر رأسه على صدْره . ونظَر إلى قلَمه على الأرض في يأْس . وراحَت يده تتلمَّس شيَئاً ، بين الورَق، كأنَّها تبحَث عن شيء تعـرِفه . حتّى وجد صليباً فضّيّاً صغيراً، كان قد أهْداه[1] إيّاهُ[2] رئيسُ الدَّير . ونظَر إلى الصّليب قليلاً بعَينَين شاردتَين[3] . وقرَّبه من شفتيه المُرتَجفتَين ببُطء . رُوَيْداً. وشَفَتاهُ[4] يشعفهما[5] شوق مُمِضّ كالملْح . وفي حركَة حادّة مُفاجئة ، اكتَسح الصَليب بشفَتَيه ، وقبَّلهُ ، في عُنْف مُرّ ، قُبْلةً مُتَحطِّمة مَهروسة ، مرّةً[6] ومرّة وأُخْرى . ثمّ دفَن رأسه بين ذراعيه بقُوَّة . واهتَزّ جسْمه وتساقَطت الدُّموع من عينَيـه ، أخيراً ، حارّةً مُنتَزَعة[7] ، كفلذٍ[8] مُمزَّعة من روحـه ، ما زال يقطِر[9] منها الدّم . وهو يشـهَق شـهَقات عميقـةً خشـنِة ـ خاف لها[10] هو نفسُه ـ ويرتَعِش .

---

6 - ... مرَّة : *«une fois, et une fois et une autre.»*

7 - مُنْتَزَعة : p. pas. de انتَزَع , forme VII (cf. gram. 8).

8 - ... كَفلَذ : *«comme [si elles étaient] des morceaux déchiquetés de son être , dont le sang ne cessait de goutter.»*

9 - يقْطِر de قَطَرَ : *tomber goutte à goutte.* D'où قَطْرة , *goutte.*

10 - ... خاف لَها : *«il en a eu peur lui-même.»*

La bougie exhala un dernier soupir et le laissa dans ses ténèbres, en larmes. Que non, que non ! Il voulait vivre avec le Christ, se retrouver avec Dieu dans la sainte parole, il n'avait aucun désir de ce monde futile. Il voulait seulement Jésus, qui avait aimé et souffert, qui avait pardonné à tous ceux qui avaient aimé et souffert.

«Efface de mon cœur, Seigneur, mes péchés ; pardonne mes fautes ! Ô Dieu, restaure en moi un esprit droit, crée pour moi un cœur pur ! »

Ses sanglots se calmèrent peu à peu. Il s'adossa au mur de la cellule plongée dans l'obscurité, sans ouvrir les yeux, et il s'abandonna à la douce sensation d'épuisement qui avait alors gagné son esprit, une torpeur pleine de mélancolie et d'agrément, tandis qu'il chantonnait du bout des lèvres, à moitié endormi, une hymne ancienne et triste, sur les douleurs du Crucifié et les pleurs de la Vierge au pied de la croix.

– Abouna Touma. Touma...a.

---

1 - لَفَظ : sens premier : *rejeter, expulser*. Ici : «l*a bougie expulse le dernier de ses souffles* .» Sens fig. : *prononcer*.

2 - الكَلمة : *mot, parole ;* théologie : *le Verbe*.

3 - لا شهوةَ لَه : « [*il n'y a*] *pas de désir pour lui* » (cf. note 7, p. 35).

4 - امْحُ : mis pour امْحُوْ , imper. de محا —> يمحُو . Ici, comme pour le مجزوم (cf. note 7, p. 126), la voyelle longue (finale) tombe.

5 - معاصيَّ := معاصي + ي . Le pron. affixe, exprimant le possessif (ي) , es tgeminé avec le ي final du mot. Même phénomène dans فيَّ , ci-dessous : في + ي .

ولفَظت[1] الشّمْعة آخِر أنْفاسها ، وتركَته في ظُلْمته يبكي . كلاّ . كلاّ . إنّه يُريد أن يعيش مع المسيح . يريد أن يحيا في الكَلِمة[2] المُقدَّسة مع اللّه . لا[3] شهْوةَ له في العالَم الباطل . لا يريد إلاّ يسوع الّذي أحَبّ وتألَّم ، وغفر لمَن أحَبّوا وتألَّموا .

أمْحُ[4] من قلبي ، يا إلهي ، خطيئتي واغْفرْ معاصيَّ[5] . روحاً[6] مُستَقيماً جدِّد فيَّ يا اللّه ، وقلْباً نقيّاً إخلق في داخلي.

وهدأَ نشيجُه رُوَيْدا، وإستَنَد إلى جدار صَوْمعته المُظلمة ، من غَيْر أن[7] يفتَح عيَنيه . وإستَسلَم[8] لهذا الضَّنَى العذْبِ الّذي يملأُ روحه الآن ، هذه الغفْوَة الكئيبة[9] المُمتعة ، وهو يُهَمْهِم[10] - شِبْهَ[11] نائمٍ - بترْنيمة قديمة حزينَة عن آلام المصلوب ودُموع العَذْراء الواقفة تحت الصّليب .

- يا بونا توما .. توما ..

---

6 - روحاً ... : «*un cœur droit renouvelle en moi.*» Le c.o.d. est placé avant le v. pour être mis en relief.

7 - من غَيْر أن ... : syn. : بِدون أن .

8 - واسْتَسْلم : forme IX (cf. note 2, p. 96).

9 - الكئيبة ... : «[*torpeur*], *mélancolique, jouissante, agréable.*»

10 - يُهَمْهِم بـ ... : «*il marmotte... une hymne.*»

11 - شِبْهَ نائم : «*presque endormi.*» Ne s'utilise que devant un adj. (comme ici) ou un nom : شِبْه جَزيرة , *presqu'île*. Le 2e terme est compl. de nom, donc مَجرور .

Un cri d'amour ; le cri d'un amour ancien qui l'avait trouvé endormi, après les larmes, et qui l'avait serré sur son sein, comme si c'était sa mère qui le réconfortait. L'homme eut envie de reposer son âme blessée entre ses bras tendres.

L'appel s'élevait jusqu'à lui, discrètement, inlassablement, sans jamais se résigner au silence de la terre, du ciel, de son sang où suintaient des fatigues brûlantes. L'appel le prenait au cou comme un frisson, l'invitait...

Il sortit et sur les pentes de la montagne il regarda une fois encore le ciel, la masse du couvent, poussant un soupir las et résigné. Cette nuit, cette nuit qui n'en finissait pas.

Mais non ! Pas du tout ! Aucun doute cette fois : C'était Matta qui l'appelait, la voix venait de son côté, cela ne faisait aucun doute !

Il ne répondit pas à l'appel cette fois mais se glissa jusqu'à la cellule voisine avec une perversité naïve. Puis il se tint tout près de la porte.

L'appel s'éleva jusqu'à lui, venant de l'intérieur de la pièce.

---

1 - مَحبَّة : *amour* au sens spirituel, *charité*. Alors que حُبّ = *amour*, au sens large.

2 - حبيب : de la même racine que مَحَبّة : *amant*, ou *être cher*. La même forme s'utilise pour le masc. et le fém.

3 - جَريح : épithète se rapportant à un fém. En fait la forme adjectivale فعيل est invariable, de même que فَعول .

4 - مُتَكَرِّراً : p. act. de تكرَّر , *se répéter*.

5 - صَبْر : sens premier : *endurance, patience active*.

في صَيْحة محبّة [1] ، صَيحة حبيب[2] قديم وجَده نائماً، بعد أن بكى ، فضمّه إلى حضنه ، كأنّها أُمّه تُطايبُه . وأراد الرّجُل أن يُريح روحه الجريح[3] بين الذِّراعَين النّاعمتَين .

وكان النِّداء ينبعث إلَيْه خافتاً مُتَكرِّراً[4] ، لا يستكين إلى صمْت ، من الأَرض ومن السّماء ومن دمائه الّتي تنزّ بالتّعَب السّاخن . والنّداء يتعلّق بعنُقه في إرتِعاش ، ويدعوه . وخرَج إلى السّفْح ينظُر مرّةً أُخرى إلى السّماء ، وإلى الدَّير الكبير . وتنهَّد في سأم وصبر[5] . هذه الليلَة ! هذه الليلَة الّتي لا تنتَهي !

لكن ، لا ! أبَداً . لا شَكَّ هذه المرّةَ [6] : إنّه متّى يُناديه . هذا الصَّوت مُقبِل من ناحيَته ، ليس ثَمَّةَ [7] شكٌّ ! ولم يُجِبْ على النّداء هذه المرّة . بل تسلّل إلى الصَّومَعة المُجاوِرة في خُبْث ساذَج[8] ، ووقَف بالقُرْب من بابها .

وإنبَعَث إلَيه النّداء من داخل الصَّومَعة .

---

6 - المَرَّة : au cas منصوب, car compl. circonstantiel de temps.

7 - ثَمَّة = ثَمَّ = هُناك .

8 - ساذَج . les noms et adj. : de la forme فاعل portent un – sur l'avant-dernière lettre. ساذَج fait exception à cette règle.

D'un bond, il fut à la porte. Il trouva son compagnon, veillant en prière et tressant un grand panier avec des brins jaunes et verts, tout en dodelinant de la tête et en psalmodiant, à moitié endormi sous le clair de lune qui éclairait sa cellule. Il le regarda un instant et s'adressa à lui d'une voix ferme, calme, menaçante :

– Abouna Matta, tu m'appelais cette fois-ci !

Le brave ermite ne s'était pas encore rendu compte de la présence de son compagnon sur le pas de la porte. Il sursauta de frayeur et se tourna vers lui en faisant le signe de la croix :

– Au nom du Père, du Fils et du Saint Esprit ! Qu'as-tu, Abouna Touma ? Que t'arrive-t-il cette nuit ? Retourne à tes prières ! Je t'aurais appelé ? Parole de chrétien. Je ne t'ai pas appelé de toute la nuit. Retourne à tes prières, fais le signe de la croix, chasse le Malin au loin, y'Abouna.

Prier ? Repousser le Malin ?

---

1 - في عبادة الربّ : «*dans l'adoration du Seigneur.*»

2 - جَدائل : pl. de جديلة , *tresse.*

3 - صَفْراء : fém. de أصفر . La forme أفْعَل a son fém. en فَعْلاء .

4 - ينغض : syn. : يُحَرِّك .

5 - صَوْت ... من التَّهديد : «*une voix... de menace.*»

6 - إنْتَ ... : dial. : أنتَ كُنْتُ تُنادي هذه المرّة .

7 - الصالِح : sens premier : *bon.*

قفَزَ إلى الباب . ووجَد زميلَه ساهراً في عبادة الرّب[1] ، يخصِف سلّة كبيرة من جدائل[2] صفْراء[3] وخضْراء ، وهو ينغضُ[4] رأسه ، ويترنَّم شبْهَ ناعس ، وضَوءُ القمرَ يُنير صومعَته . نظر إليه برُهةً ، ثُمّ قال بصَوت واثق ، هادئ ، من[5] التّهْديد :

- أبونا متّى . إنْتَ[6] كُنْت عمْ بِتْنادِم المرّة دي !

وكان الرّاهب الصّالح[7] لم يشعُر بعدُ بوجود زميله على الباب ، فإنتَفَض بذُعْر ، وإلتفَت يرسُم علامة الصّليب :

- بسم الآبِ والابنِ والرّوح القُدُس ! مالَكْ[8] يابونا توما ياخويَ ؟ جَرى لَكْ إيه اللِيلة دي ؟ رُح صلّ يابونا . أنا ناديْتَكْ يا خي ؟ كلِمة مسيحيّة : ما ناديْتَكْ اللَيلة . رُح صَلِّ وارسُم الصّلَيب على وِشَّكْ . واُطرُد الشّرِّير عَنَّكْ يا بونا !

يُصلّي ؟ يطرُد الشّرّير ؟

---

8 - ما لَكْ ... : ce passage s'écrirait ainsi en litt. :

"ما بكَ ، يا أبانا توما ، يا أخي ؟ ماذا جرى لكَ هذه الليلةَ ؟ رُح (اذهَبْ) صَلِّ أنا ناديتُك ، يا أخي ؟ كلمة مسيحية . ما ناديْتُكَ الليلة . رُح صَلِّ وارسُم الصليب علَى وَجْهِك واطرد الشرّير عنْك ..."

Il se tenait sur le pas de la porte, silencieux, regardant son compagnon, rongé par le doute. La colère l'envahissait à entendre ces douces paroles, chrétiennes, circonstanciées, sur les ruses du Malin et la puissance de Jésus notre Seigneur, sur les tentations et la faiblesse humaine... Mais il n'écoutait rien d'autre que le vent qui se déchaînait en lui-même. Son âme le quittait pour gagner l'air de la nuit, pareille à un troupeau de pourceaux possédés par le démon se précipitant dans l'abîme au milieu des grognements et des couinements.

Brusquement, il fit demi-tour et sans mot dire regagna à grands pas sa cellule, sans rien voir ni entendre. Il humecta ses lèvres desséchées.

La lune se dirigeait enfin vers son couchant avant le lever du jour, jetant ses pâles rayons rougeoyants et ses ombres allongées à travers le désert, sur la masse du couvent, avec sa succession de dômes et leur masse ombreuse où avait disparu le moine montant la garde, sur les ruines des cellules abandonnées, sur les ossements et les blocs de rocher au pied de la montagne.

---

1 - زَميل : sens premier, *collègue*. رفيق = *camarade*, صاحب = *compagnon* ; صديق = *ami*.

2 - يَعْتَصِرُه... : «*alors que le doute le pressait*». Forme VIII (cf. gram. 8). Voir : عصير *jus*. عصير تُفّاح , *jus de pomme*.

3 - ... والغضَب : «*alors que la colère inondait ses entrailles de sang.*»

4 - كثيراً : *abondant*. Ici : adj.

5 - مَقْدِرة : syn. : قُدْرة .

6 - ممسوس : <> p. pas. forme I : مَفْعول .

وقَف بالباب صامتاً ، ينظُر إلى زميله[1] ، والشكُّ يعتَصره[2] ، والغضَب[3] يغمُر أحْشاء ه بالدّم ، وهو يسمَعه يقول كَلاماً عذْباً ، مسيحيّاً ، كثيراً [4] ، عن حيَل الشّرّير ومقْدِرة [5] الربّ يسوع ، عن التّجارِب وضعْف الإنسان . لكنَّه لا يسمَع شيئاً غَير الرّيح في داخله ، ونفسُه تخرُج عنَه إلى اللَيل كقَطيعٍ ممْسوس[6] من الخَنازير تندَفِع إلى الجُرف وهي تعوي وتصأى .

ودار فجْأةً بِلا كلمة ، وذرَع [7] السّفْح إلى صَومَعته ، وهو لا يرى ولا يسمَع ، ومسَح [8] شفتَيه الجافّتَين .

إنحَدَر القمَر أخيراً نحو الغُروب ، قبل مطلَع الفجْر ، يُلقي بأشعتّه الشّاحبة[9] الإحْمِرار وظلاله الطَّويلة ، عبْرَ الصّحْراء ، وعلى البِناء الكبير بقِبابه[10] المتَتابِعة - وقد ضاع[11] في ظلّها الرّاهبُ الحارس - وعلى أنْقاض الصَّوامِع المَهجورة ، والعِظام ، والأحْجار على السّفْح.

---

7 - ذرَع : sens premier : *arpenter.*

8 - مسَح : sens premier : *essuyer*. Ici : *essuyer avec sa langue*, d'où : ممْسحة , *serviette.*

9 - ... الشّاحبة : «*pâle quant à la rougeur.*»

10 - ... بقِبابه : «*avec ses dômes se suivant.*»

11 - ... وقَدْ ضاعَ : «*alors que le moine-gardien était perdu dans leur ombre.*»

Dans sa cellule, Abouna Touma écrivait en un long flux continu et toujours plus soutenu, sans penser à rien, recopiant des mots sans fin, le corps palpitant de fatigue.

Il était endormi, le calame à la main, et poursuivait en rêve son ouvrage. Quelle différence avec les nuits précédentes, quand il trouvait refuge dans le repos, se sentant en paix avec lui-même et ayant le sentiment d'avoir accompli son devoir dans l'amour de Dieu ! A présent, il ne se reposait pas. Au contraire, il lui fallait continuer à écrire dans son sommeil, sans relâche, comme si quelque chose le talonnait, alors qu'il se sentait broyé, les os suintant de fatigue.

– Touma, Abouna Touma...

Telle une source de miel et de lait jaillissant tout à coup d'un rocher, tel un baiser, une caresse de feu, tel le cri lâché d'une jouissance impérieuse.

D'un coup, il sortit de son sommeil et se mit debout en un clin d'œil, l'esprit rendu à une clarté ardente, les nerfs tendus, comme s'il avait attendu ce cri.

---

1 - تَوَقُّف : est le مصدر de توقّف , *s'arrêter.*

2 - إنَّما : sens premier : *mais uniquement.*

3 - ما أَبْعَدَ ... : exclamatif de بعيد , *loin* (cf. note 7, p. 111) : *«qu'il est loin, ce sommeil, de ses nuits précédentes.»*

4 - البِرّ : *la justice,* dans le sens religieux : *«Il avait un sentiment de justice et qu'il avait accompli...».* أنّهُ est commandé par يُحِسّ .

5 - مَحَبّةِ اللّه : <> le mot اللّه est prononcé emphatiquement uniquement lorsqu'il est précédé par les

وكان الأب توما في صَومَعته يكتُب بلا توَقُّف[1] ، يكتُب في مَدٍّ طَويل مُتَّصِل يرتَفِعٍ أبَداً ، لا يُفكِّر إنَّما[2] ينسَخ كلمات لا نِهايَة لها ، وجِسمُه ينبُض بالتّعَب .

كان نائماً ، وقلَمُه في يده ، مُستَمِرّاً - في حلْمه - بالكتابة . وما أبعَدَ[3] هذا النَّومَ عن لَياليه السّابقة ، حينما كانَ يأوي إلى الرّاحة، وهو يُحسّ البِرّ[4] ، وأنّه أدّى واجبه في محَبّة اللّه[5] . لكنّه الآن لا يستَريح . بل علَيه أن يكتُب ، في نومه ، بلا توَقُّف كأَنَّ شيئاً يُلاحِقه ، وهو مطحون[6] ، وعِظامه تنزّ بالإنحِطام[7].

- توما .. بونا توما ..

كَيَنْبوع من العسَل واللَبن[8] ينفَجِر فجأةً من صخْر ، كقُبْلة ، كلمْسة من النّار ، كصرْخة هاتفة من اللَّذة المُتَطلِّبة . وقفَز واقفاً من نَومه ، في لمْح البصَر ، وقد صفا ذهْنه صفاءً باهراً ، وكلّ عصَب[9] في جسَده مُتوتِّر كأنَّه كان ينتَظِر هذه الصَّيحة .

---

voyelles ́– et ̄– (cf. note 1, p. 132).

6 - مطحون : <> comme مهجورة , *supra*, ..., est de la forme مَفْعُول .

7 - الانْحِطام : مصدر de انْحَطَم (forme VII) : *secasser, se briser*.

8 - العَسَل واللَبَن : dans la Bible comme dans le Coran, miel et lait sont symboles d'abondance, de bonheur paradisiaque.

9 - ... وكُلُّ عَصَبٍ : *«et chaque nerf, dans son corps, était tendu.»*

Comme si quelque chose l'avait mis tout à coup dans un état d'éveil anxieux, à l'affût, un état qui se vrillait en lui et l'érodait. Il se saisit du couteau avec lequel il taillait ses calames tandis que son autre main se crispait sur son livre saint en un geste inconscient. Le vent lui fouetta le visage et se déchaîna sur son corps tremblant. Il allait réduire au silence cette voix. A peine un instant s'était écoulé depuis son réveil : une éternité de colère et de résolution.

De surprise, Abouna Matta eut un mouvement de recul derrière le panier qu'il était en train de tresser. Il se leva à demi et lança un seul cri, «Jésus», les yeux grands ouverts de peur et de surprise. L'ermite l'attrapa et sa main tâtonna à plusieurs reprises. Puis le couteau, bien tranchant, s'éleva et fendit l'air avec violence en s'abattant, plongeant dans la poitrine, entre les deux côtes qui protégeaient le cœur. Tout luisait d'un éclat intense.

---

1 - تَخِزُّ ... : se rapporte à يَقَظَة : «*vrillait dans les os et les tailladait.* »

2 - اخْتَطَف : forme VIII (cf. gram. 8) de خطَف, *subtiliser*, et *kidnapper*.

3 - تتقبَّض على : forme V de قبَض, *mettre la main sur*. Cette forme exprime l'intensité et la reflexivité : *se saisir avec tension.*

4 - يُخرِس : *rendre* أخْرَس, c.à-d. *muet*.

5 - تمضِ : v. مجزوم de تمضي.

كأَنّ شيئاً شدَّه فجأةً إلى يقَظة قلقة مُرْهفَة ، تخزّ[1] في العظْم وتبريه ، وهو يختَطف[2] السَّكّينة الّتي يبري بها أقْلامه ، ويده تتقبَّض[3] على كتابِه المُقدَّس الصّغير بلا إدْراك . ولفَحتْ الرّيح وجْهَه ، وعصَفت بجسمه المُرتَجِف : سَوف يُخرِس[4] هذا الصَّوت ، سَوف يُخرِسه . ولم تمضِ[5] بعدُ لحْظةٌ واحدة مُنذُ أن إستيقَظ[6] من نَومه . أبَديّة من الغضَب والعزْم .

وتراجَع الأب متّى عن سلّته الّتي يخصِفها في دهْشة . ووقَف نصفَ وقْفة[7] ، وصرَخ صرْخةً واحدة: يا يسوع ! وعَيناهُ مفتوحتان من الذُّعْر والدّهْشة . وقبَض علَيه الرّاهب وتلمّسه[8] بيده . وإرتفَعت السكّين الحادّة ثُمّ شقّتْ الهَواء في عصْف[9] وهي تسقُط ، وغاصت في الصّدْر بين الضلعَين اللّذَين يحميان القلب . وكان كلّ شيء يسطَع .

---

6 - اسْتَيْقَظ : à l'inacc. يَسْتَيْقظ , forme IX (cf. note 2, p. 96).

7 - نصْفَ وَقْفَة : *«la moitié d'une opération-de-mise-debout.»* C'est une variété de مفعول مُطلَق , compl. absolu (cf. gram. 6).

8 - تَلمَّس : forme V de لَمَس, *toucher* (cf. note 3).

9 - في عَصْفٍ : *«en bourrasque.»*

Le temps d'un éclair, Abouna Touma remarqua le froc vieux et déchiré de son compagnon. Cet abruti ne pouvait-il pas le repriser alors qu'il disposait de tout ce fil et de toutes ces aiguilles ? Il eut l'impression qu'il éclatait de rire, mieux, qu'il riait à gorge déployée, qu'il faisait résonner la terre entière des échos de son rire.

Le vêtement se déchira tout à fait. Le couteau s'éleva et s'abattit, une fois, deux fois, une fois encore.

Abouna Matta tomba à genoux. Le sang gicla de sa poitrine et de sa bouche sortit un râle mêlé à une écume sanglante. Il râlait, à l'agonie. La poitrine était ouverte et les muscles sanguinolents pendaient au-dehors, encore palpitants et frémissants, comme s'ils étaient doués d'une vie à eux.

---

1 - ... عَبَرَ بِذِهْنِ : *«il traversa l'esprit d'Abouna... que le froc.»*

2 - يَكُنْ : v. مجزوم de يكون (cf. note 8, p. 30).

3 - ... يُقَهْقِهُ : *«éclate de rire de la plénitude de sa poitrine.»*

4 - ... جَنَبات : *«les côtés du monde, les régions du monde».*

5 - دماء , pl. de دم .

IMPORTANT : souvent les substantifs de la forme فعال sont les pl. de noms formés de trois lettres (suivis

وعبَـر بذهْنْ[1] الأب توما ، فيّ خطْفة برْق ، أنَّ رداء الأب متّى مُـمـزَّق وقديم . ألمْ يـكُن[2] - الأبْله - يستَطيع أن يرتقه ، وعنده كلُّ هذه الإبَر وهذا الخَيط ؟ وخُيِّل إلَيه أنّه يضَحك ، بَل يُقَهقِهُ[3] بمِلءِ صدْره ، يملأُ جنَبات العالَم بقهْقَهته .

وتمزَّق الرِّداء تماماً ، وإرتَفَعت السكّين ثمّ هَبطت مـرّةً ، مرّتَين ، ومرّة أُخرى .

وسقَط الأب متّى على ركْبتَيه ، وتفجَّرت من صدْره الدِّماء ، وخرَجت من فمه حشْرَجة مُمتَزِجة برِغْوة من الدّم ، وهـو ينهَج فـي النَّـزْع . وإنفَتَـح الصَـدْر وتهدلَّـت إلِى الخارج العضَلات الدّامية ، ما تزال تنبُض وترتَعِش كأنَّ بِها حَياةٌ خاصّة .

éventuellement de ة). Ainsi رِجال est-il le pl. de رَجُل *homme*, جِمال de جَمَل *chameau* et عِظام de عَظْم ou عَظْمة , *os*.

Mais si فعال est un adj., il est souvent le pl. d'un adj. de la forme فَعيل . Ainsi كِبار , صِغار et عِظام sont-ils les pl. de كبير , صَغير et عَظيم .

Touma jeta le couteau, palpant la poitrine avec une joie féroce, écartant les flots de sang dans une fièvre délirante, pour ainsi dire passionnée. Il grognait. Le sang battait dans sa tête. Ses mains décharnées et desséchées tâtaient, avec un plaisir immense, ce sang chaud, doux et visqueux, ce corps humain tout palpitant, en train d'agoniser. Il tâtait les chairs tendres et flottantes qui frémissaient sous ses doigts qui s'y enfonçaient comme dans une matrice ouverte.

A ses oreilles parvint un appel ancien, comme venu d'un rêve doux et lointain :

– Abouna Touma...

Elle s'éloignait, avec sa douceur et sa tiédeur, sa voix caressante, soyeuse, traînante. Il tâtait le sang visqueux, la chair chaude, enfonçait son poing dans le corps lacéré tandis qu'elle reculait et s'éloignait avec des inflexions de voix de femme satisfaite.

– Abouna Touma, Touma...

Sur la montagne, un loup lança un long hurlement effrayé, comme si l'aube n'allait jamais se lever.

---

1 - ... الدِّماءَ : *«les sangs étant en hémorragie.»*

2 - آدَمِي : « *adamique* », relatif à آدم , Adam. D'où بَنو آدم , *«les enfants d'Adam» = les hommes.*

3 - الغائِرة : p. act. de غار —> يغور , *s'enfouir, s'enfoncer.*

4 - كأنَّها : le ها renvoie à عضَلات .

5 - وهي : *alors qu'elle,* le pron. هي renvoie au nom masc. نداء sans s'y rapporter syntaxiquement. Il évoque un phantasme qui se cristallise autour d'une voix féminine.

6 - دِفْئِها : de دِفْء . Noter que lorsque la همزة n'est plus

ورمى توما سكّينه ، وهو يتلمّس الصّدْر المُنفَتح ، في فرَح شرِس ، ويُزيح الدِّماء[1] النّازفة ، بلهْفة كأنّها الشّغَف ، وهو يزوم . والدِّماء تئزّ في رأسه ، ويداه الجافّتان الناحلتان تتلمّسان هذه الدِّماء الحارّة الناعمة اللّزِجة ، وهذا الجسَد الآدَميّ[2] النابض الّذي يموت ، في لذّة كبيرة . يتحسّس العضَلات اللّدنة المُتَهدِّلة ، الّتي ترتَعِش ، تحت أصابِعه الغائرة[3] ، كأنّها[4] الرّحِم المفتوح .

وترامى في أُذُنَيه نِداء قديم ، كأنّه يأتيه من حلُمْ حلْوٍ بعيد :

- أبونا توما ..

وهي[5] تبتَعد ، بنُعومتها ودفْئها[6] ، بصَوتها اللّيِّن الحريريّ المُتَمطّي . وهو يَتلمّس الدِّماء اللّزِجة واللّحْم السّاخن . يَتَغَلغَل بجمْع يده[7] في الجِسْم المُمزَّق . وهي تَتَراجع وتبتَعِد في نغَمات أُنْثَويّة[8] راضية :

- أبونا توما .. توما ..

وعوى الذِّئب في الجبَل عُوَاءً طويلاً خائفاً ، كأنّ الفجْر لن يطلَع[9] أبداً .

---

finale, elle obéit – pour la détermination du support – aux règles générales.

7 - جُمْع اليد : syn. : قَبْضة .

8 - أُنثَويّة : adj. de أُنْثى , *de sexe féminin.*

9 - لن يطلَعَ : le v. est منصوب par لن qui lui confère une valeur de futur.

Hanane Cheikh

Le Tapis persan

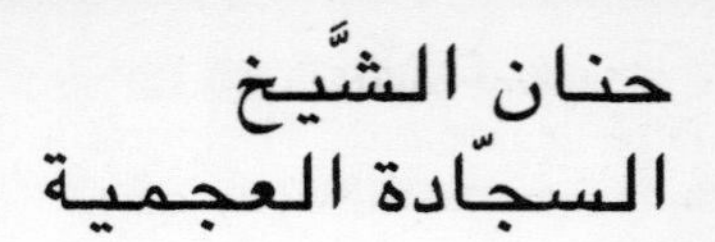

Née au Liban en 1945, Hanane Cheikh partage son enfance entre la capitale libanaise et le sud du pays dont est originaire sa famille. Après avoir collaboré à différents quotidiens libanais (dont le célèbre *Al-nahar*), elle se rend au Caire où paraissent ses deux premiers romans : *Suicide d'un homme mort* (1971) et *Le Chevalier du diable* (1975). La guerre civile rend impossible tout retour définitif au pays natal où sera néanmoins publiée *L'Histoire de Zahra* (1980, traduction française, Lattès, 1985). Depuis, Hanan el-Cheikh vit à Londres où elle poursuit son activité littéraire, notamment avec la parution d'un recueil de nouvelles, *La Rose du désert* (1984).

Dans ces textes de quelques pages, on retrouve l'ensemble des thèmes développés dans l'œuvre romanesque de Hanan el-Cheikh : le passé revécu comme une succession de lieux de mémoire ; le regard dénué de la moindre innocence de l'enfance sur le monde des adultes ; la destinée féminine, toujours menacée par une folie suicidaire, inséparable de la condition humaine.

Par l'alternance de séquences narratives et de monologues intérieurs, par le jeu sur les multiples temporalités qui peuvent être exprimées par un maniement très actuel des possibilités de la langue arabe, l'écriture de Hanan el-Cheikh crée un univers littéraire où se mêlent passé et présent, réalité intérieure et monde réel, folie et lucidité.

Quand Mariam eut fini de tresser mes cheveux pour en faire deux nattes, elle porta à sa bouche ses doigts qu'elle humecta de salive et qu'elle passa sur mes sourcils en soupirant : «Ah, quels sourcils ! ça remonte, ça descend !» Elle se tourna rapidement vers ma sœur : «Va voir si ton père est encore en train de prier.» Je n'y prêtai attention que lorsque ma sœur revint et chuchota : «Oui, encore.» Elle tendit les mains et les leva vers le ciel en l'imitant. Je ne me mis pas à rire, comme je l'aurais fait d'habitude, non plus que Mariam. Au contraire, celle-ci prit un fichu sur la chaise et se couvrit les cheveux en le nouant rapidement sur la nuque. Elle ouvrit doucement l'armoire et prit son sac à main. Elle passa la main à travers la bandoulière jusqu'à ce que le sac soit serré sous son bras et nous tendit ses deux mains. J'en pris une, ma sœur l'autre. Nous comprîmes que nous devions avancer sur la pointe des pieds, comme elle.

---

1 - ... مدَّتْ : *«elle tendit son doigt jusqu'à sa bouche, le léchant.»*

2 - حاجِبَيَّ : = حاجِبَيْـ [ن] + ي . Le يّ final = le ي du duel + le ي du possessif (cf. note 6, p. 18).

3 - ... آه مِن : dial., le litt. dirait :

آه من حواجِبكِ : شي طالِع وشَي نازِلُ

حَـوَاجِـب pl. de حاجِب . آه مِن interjection à sens verbal = كَم أتَألَّم مِن *«comme je souffre de...»*

4 - بِعَجَلة : syn. : بِسُرْعة .

5 - ... شوفي : dial. En litt. :

أُنظُري إذا كان أبوكِ لا يزال بَعدُ يُصلّي .

عَمْ en dial. exprime une action en instance : *en train de.*

6 - بَعدُه : dial. ; en litt. : لا يزال بَعدُ .

7 - تُقلِّده : noter dans cette phrase deux propos. حال se rapportant au sujet du v. مدَّت (cf. gram. 1b).

8 - الإيشارب : arabisation de : *écharpe*. Parfois le «p» est

لمّا انْتَهت مَرْيَم من تضْفير شعْري إلى ضفيرتَين ، مدَّت [1] إصْبَعها إلى فمها تلحَسُها ، ثمّ مرّت بها على حاجِبَيَّ [2] وهي تزفِر "آه من [3] حَواجْبِك ، شي طالِع ، شي نازِل" . إلتَفَتَتْ بعجَلة [4] إلى أُختي وهي تقول : "شوفي [5] إذا أبوك بعدُهْ عَمْ يْصلّي" . لم أَنْتَبهْ إلاّ وأُختي تعود وتهمس : "بعدُه [6]" ، ومدّت يدَيها ترفَعهُما إلى السّماء تُقلِّدَه [7] . ولم أضحَك كالعادة . ولم تضْحك مَريَم ، بل تناوَلت الإيشارْب [8] من على الكُرسيّ ، تُغطّي شعْرها وتعقده بسُرعة عِند رقَبتها [9] . فتَحتْ الخِزانة على مهل وتناوَلتْ شنْطةَ [10] يدِها . أدْخَلتْها [11] حتّى وصَلت إبْطَها ومدّت لنا يَدَيها ، فأمسَكتُ أنا بواحدة وأُختي بالأُخرى . وفهِمنا [12] أنْ علَينا السَّيْرُ [13] على رؤوس أصابِعنا ، مثلَها .

---

transcrit par پ .

9 - عِنْدَ الرَّقَبة : *«au niveau du cou.»* L'écharpe est-elle nouée à l'avant du cou (sous le menton) ou à l'arrière (d'où : sur la nuque) ?

10 - شَنْطة : dial. En litt. : حقيبة , *valise.* شَنْطة يدِها , c'est donc : *sa valise à main,* alors qu'il s'agit de *sac à main.* Exemple des difficultés de l'arabe moderne.

11 - أدْخَلَتْها : *«elle fit entrer (le sac de la main) jusqu'à ce qu'il soit arrivé jusqu'à son aisselle.»*

12 - فَهِمْنا : v. ماضي à la 1re pers. du pl., forme fréquente dans ce texte (se reporter aux règles de lecture, et gram. 2).

13 - أنْ علَينا السَّيرُ : tournure un peu précieuse dans ce contexte = أنَّهُ علينا أن نسيرَ .

Nous retenions notre respiration tandis que nous franchissions la porte ouverte de la maison. Nous descendîmes l'escalier, la tête tournée vers la porte, puis vers la fenêtre. Lorsque nous atteignîmes la dernière marche de l'escalier, nous nous mîmes à courir pour ne nous arrêter qu'une fois l'allée de la maison parcourue, la rue traversée et après que Mariam eut arrêté un taxi.

Nous agissions de concert, poussées par notre peur. Aujourd'hui, nous allions revoir notre mère pour la première fois depuis qu'elle avait divorcé de mon père, lequel avait juré de ne jamais la laisser nous revoir. De fait, la nouvelle de son futur mariage avec l'homme qu'elle aimait avant que sa famille ne lui fasse épouser de force mon père s'était répandue quelques heures seulement après leur divorce.

Mon cœur bat. Je sais que ces battements ne sont pas dus à la peur ou à la course mais bien à l'appréhension de cette rencontre, à mon embarras prévisible car j'ai appris à me connaître, moi et ma timidité. Malgré tous mes efforts, je suis incapable de laisser paraître mes sentiments, même à ma mère.

---

1 - الزّاروب : *petite ruelle,* souvent fermée. Dial. عندما اختَفي الزاروب : «*lorsque la petite rue disparue.*»

2 - سيّارة أجْرة : «*une voiture de location.*» Syn. : تاكْسي. A distinguer de : سيّارة خِدْمة, *un taxi-service* desservant une ligne.

3 - ... تصَرُّفُنا : «*notre comportement était un.*»

4 - ... يدفَعُهُ : Mieux : يُسَبِّبُهُ , ou يدفَعُنا إلَيهِ خَوْفُنا.

5 - ... مُنْذُ : «*depuis sa séparation, par le divorce, d'avec...*»

6 - يدَعَها : verbe au منصوب du fait de لَن . Noter ce futur dans le passé.

ونحبس أنْفاسنا ونحن نخرُج من باب الدّار المفْتوح .
ننزِل الدّرَج ورؤُوسنا تلتَفتُ صَوْب الباب ، ثمّ صَوبَ
الشُّبّاك . لما وصلنا آخر درَجة ، إِبتَدَأنا بالرَّكض ، ولم
نتوقَّف إلاّ عندَما إختَفى الزّاروب[1] وقطَعنا الشّارع
وأوقَفتْ مرَيم سيّارة أُجْرة[2] . كان تصرُّفنا[3] واحداً ،
يدفَعه[4] خَوْفُنا : فاليَوم سَنرى أُمّي لأوَّل مرّة مُنْذُ[5]
إِنْفصالها بالطّلاق عن والدي ، الّذي أقسَم بأنَّه لن
يَدَعَها[6] ترانا . فالخبَر بأنَّها سَوْف تتزوَّج من رجُل
كانت تُحبّه ، قبل أن يُزوِّجها أهْلُها بالقُوّة من والدي ،
إِنتَشَر بعد ساعات من طلاقهما .

قلْبي يدُقّ . فهِمْتُ أنّ ضرَباته لَيستْ آثار[7] الخَوْف
والرَّكض ، بل من رهْبة هذا اللِّقاء ، من إِرتباكي
المُنْتَظَر . فأنا قد حفظتُ[8] نفْسي وخجلَي . مهْما
حاولَتُ[9] فأنا لا أستَطيع إَظْهار عاطِفتي ، حتّى لأُمّي .

---

7 - آثارَ : pl. de أثَر , *trace, séquelle*. Au cas dir. car خبر de لَيْسِ (cf. gram. 9c).

8 - حفظْتُ : sens premier, *garder, observer*. Ici : «*j'ai retenu par cœur* » (cf. note 6, p. 174).

9 - مَهْما حاولْتُ : «*quoique j'essaie.*»

Rappel : أنْفاس et آثار sont des pl. de la forme أفْعَال dont les sing. sont : نَفَس et أثَر. Quant à رُؤُوس il est de la forme فُعول dont le sing. est رأس (cf. note 6, p. 129).

Je serai incapable de me jeter dans ses bras, de la couvrir de baisers, de prendre son visage dans mes mains comme peut le faire ma sœur, ou comme elle le fait naturellement. J'ai pensé à cela, longtemps, depuis que Mariam nous a confié au creux de l'oreille, à moi et à ma sœur, que ma mère était revenue du Sud, et que nous allions la voir en cachette, le lendemain. Je me suis mise à me dire que j'allais me forcer à me comporter exactement comme ma sœur. Je me tiendrai derrière elle et je l'imiterai sans y penser. Une imitation aveugle, selon l'expression consacrée. Mais je me connais. J'ai appris à me connaître par cœur. Quels que soient mes efforts pour me forcer, quel que soit ce que j'ai pu penser à l'avance sur ce qu'il faut faire ou ne pas faire, sur le coup, je me retrouve en train d'oublier mes résolutions et je reste plantée debout à regarder par terre. Mon front se plisse encore plus que d'habitude, et pourtant, même dans cette situation, je ne désespère pas et j'adresse des prières à ma bouche pour que mes lèvres dessinent un sourire, mais c'est peine perdue.

---

1 - طمْرِها : du verbe طمَر , *enterrer, enfouir.*

2 - ... وإمْساك : plus courant وإمساك وَجهِها بيَدَيَّ ou والإمساك بوَجهها .

3 - ... كَما هي : également influencé par le dial. En litt. : أو كما هي تفعَل بطَبيعَتها

4 - الجَنوب : il s'agit du Sud-Liban, à majorité paysanne et chiite.

5 - لا وَعْي : sens premier : *inconscient,* substantif.

6 - حفِظْتُها : cf. note 7, p. 173. L'expr. courante est : حَفِظَ الشيءَ غَيباً أو عن ظَهْر القلبِ .

لن أقدرَ على الإرتماء بَين ذراعَيها ، وطمْرها [1] بالقُبُلات وإمْساك[2] وجْهها ، كما تَفعَل أُختي ، أو كما هي[3] طبيعتُها . فكَّرتُ طَويلاً مُنذ أن أَسَرَّت مريم ، في أُذُني وأُذُن شقيقتي ، بأن أمّي أتَت من الجنوب[4] . وبأنَّنا سنزورها خِلْسةً في الغد . أخَذت أُفكِّر بأنّي سَوف أُجبِر نفسي على أن أتصرَّف كما تتصرَّف أختي تماماً. سأقِف خلْفِها وأُقلِّدها عن لا وَعْيٍ[5] . التَّقْليد الأعْمى ، كما يقول المثَل . لكن ، أنا أعرِف نفسي . لقد حفظتها[6] غَيباً . مهْما أُحاوِلْ إجْبارَها[7] ، ومهما أُفكِّر مُسْبَقاً بأنَّه يجِب ولا يجِب ، أجِدُني أنسى ما صمَّمتُ علَيه[8] ، وأنا في[9] الحدَث نفسه . ووقَفتُ ونَظَري إلى الأرض ، وجبيني قد زاد تقْطيبُه . حتّى وأنا في هذا الوضْعَ ، لا أيأَس ، بل أتوسَّل[10] لِفمي حتّى تنفرِجَ شفَتاه عن إبْتِسامة ، لكِن بِلا فائِدة[11].

---

7 - أُحاوِلْ : v. مجزوم car venant après مَهْما , *«quoique j'essaie de l'obliger »*. Le pron. *l'* renvoie à نفسي .

8 - ما صمَّمْتُ علَيه : *«ce que j'ai résolu.»*

9 - وأنا في ... : *«alors que je suis dans l'événement lui-même.»*

10 - أتوَسَّل ... : *«je supplie ma bouche pour que ses lèvres s'écartent (pour laisser paraître) un sourire.»*

11 - بِلا فائِدة : *«sans utilité.»*.

Lorsque le taxi s'arrêta en face d'une maison où, devant chacun des deux piliers de l'entrée, se tenait un lion de pierre sablonneuse rougeâtre, je me sentis heureuse et j'oubliai pour un instant mon angoisse et mon appréhension. Le bonheur me submergeait parce que ma mère habitait une maison où deux lions se tenaient devant l'entrée. J'entendis ma sœur imiter leur rugissement et je me tournai vers elle avec envie. Je la vis lever les mains en l'air pour essayer d'égratigner un des deux lions. J'ai pensé alors : Elle est toujours simple, gaie ; sa gaieté ne la quitte jamais, même dans les moments les plus embarrassants. Elle est bien loin de se faire du souci à cause de cette rencontre !

Mais lorsque ma mère ouvrit la porte et que je la vis, voilà que je n'attendis plus personne. Au contraire, je me précipitai et me jetai dans ses bras, avant ma sœur. Je fermai les yeux. C'était comme si chaque parcelle de mon corps se reposait après avoir été longtemps privée de sommeil. Je respirai l'odeur de ses cheveux. Elle n'avait pas changé. Je découvris pour la première fois combien elle m'avait manqué et je souhaitai qu'elle revienne vivre avec nous, malgré la tendresse et l'attention de mon père et de Mariam pour nous.

---

1 - ... يقفُ : phr. f.f. de صفة se rapportant à مدْخَل : «*Se tiennent, sur chacun de ses deux piliers, deux lions de pierre...*»

2 - عَمَّ , : *se généraliser*. Ici «*le bonheur s'est généralisé en moi*», d'où عام , *public*.

3 - الْتَفَتُّ = الْتَفَتْتُ , de التَفَتَ <ـ يلتَفت .

4 - مُتَوَهِّمةً : pl. act. de توَهَّم (cf. note 4, p. 50), *s'imaginer*. En dial. : *s'imaginer des choses désagréables* ou

لما توقّفتْ سيّارة الأُجْرة عند مدْخَل بيت ، يقف[1] على كلٍّ من عاموديه أسَدان من حجَر رمْليّ أحمَر ، فرِحتُ ، نسيتُ للَحْظة قلَقي وتوجُّسي . وعمَّتني[2] السعادة ، لأنّ أمّي تَسكُنَ في بيت ، يقف عند مدْخَله أسَدان . وسمعتُ أختي تُقلِّد زئير الأسَد . اِلتَفَتُّ[3] إلَيها أحسدها . ورأَيتها تمدُّ يدَيها عالياً، تُحاوِل هبْش أحَد الأسَدَين . فكّرتُ : هي دائماً بسيطة ، مرِحة ، مرَحُها لا يُفارِقها ، حتّى في أحْرَج اللحَظات . وها هي ليستْ مُتَوَهِّمَةً[4] من هذا اللقاء .

لكِن ، لمّا فَتَحَت أمّي الباب ورأَيتُها ، وجَدْتُني[5] لا أنتَظِر أحداً ، بل أُسرِع وأرتَمي بين ذراعَيها ، قبل أختي . وأُغمض عينَيّ ، وكأنّ كلَّ مفاصَل[6] جِسْمي قد نامَت ، بعد أَن تعذَّر علَيها[7] النَّومُ مُدَّةً طَوِيلة . وشَممتُ رائحة شعْرها الّتي لم تتغيَّر . واِكتَشَفت لأوّل مرّة كم اِفتَقَدتُها . وتمنَّيتُ لَو تعود تعيش معَنا ، رغْم حنان[8] واِهتِمام والدي ومريم بِنا .

---

impressionnantes.

5 - ... وجَدْتُني : «je me suis trouvée n'attendant personne.» La 2e propos. f.f. de حال .

6 - مَفاصل : pl. de مَفصل , *articulation.*

7 - تعذَّر عليهَا : «*le fait de dormir lui a été impossible.*»

8 - ... حنان : tournure moderne. L'ar. classique dirait : حنان والدي ومريم واهتِمامِهما بنا . Le compl. de nom se place après le premier nom auquel il se rapporte.

Perdue dans mes pensées, je me rappelais son sourire lorsque mon père avait accepté le divorce. Le cheikh était intervenu quand elle avait menacé de se suicider par le feu, en se jetant dans le fuel en flammes, si le divorce n'avait pas lieu. J'étais comme anesthésiée par son odeur dont tous mes sens se souvenaient. Je réalisais combien elle me manquait, alors qu'elle se précipitait derrière mon oncle, montait dans la voiture après nous avoir embrassées, et fondait en larmes. Nous avions repris nos jeux dans l'allée de la maison. Lorsque vint la nuit, et que, pour la première fois depuis longtemps, nous n'avons pas entendu ma mère se disputer et se quereller avec mon père, le calme se mit à régner dans la maison, un calme seulement troublé par les sanglots de Mariam, une parente de mon père, que j'ai toujours connue habitant avec nous à la maison.

Ma mère m'écarte en souriant pour serrer contre elle ma sœur et l'embrasser. Elle serre une nouvelle fois contre elle Mariam qui se met à pleurer. J'entends ma mère lui dire en pleurant : «Que Dieu te rende tout ce bonheur !» Elle essuie ses larmes de sa manche, et de nouveau me contemple, contemple ma sœur et s'écrie :

---

1 - تُهْتُ : du v. تاهَ —> يتوه , *errer.*

2 - شَيخُ الدّين : «*le cheikh de la religion*» s'oppose ici à شَيْخ au plan social : *notable.*

3 - لَهُ : se rapporte à والدي : «*sa menace (adressée) à lui.*»

4 - ... رَمْي وحَرْقِ نفسِها : le classique dirait : رمي نفسِها وحَرقِها ; le compl. de nom se place après le 1er nom, et est remplacé après le 2e par un pron. affixe. C'est une incorrection devenue courante (cf. note 8, p. 177)

5 - الكاز : ce mot vient du 1er mot de l'expression gas-oil.

6 - يتمَّ : bien que مجزوم , ce v. porte la ـَ finale à la place des ـْ à cause de la ـّ .

7 - حَواس : pl. de حاسّة .

وتُهْتُ [1] أتذكَّر إبتسامتها ، عندما رضِي والدي بطلاقها، بعد أن تدخَّل شَيْخُ الدِّين [2] ، عقبَ تهدِيدها له [3] برمْيِ [4] وحرْق نفسِها بالكاز [5] إذا لم يتِّمَّ [6] طلاقُهَا . أتخدّر من رائحتها التي حفظتْها كلُّ حوَاسي [7] . أُفكّر كم أفتقدها ، رغْمَ أنّها عندما أسرَعتْ وراء خالي [8] ، تصعَد السيّارة - بعد أن قبّلتَنا وأخَذت تبكي - إستأْنَفنا لعبَنا في زاورب بيتنا . ولمّا أتى اللَيل ، ولم نسمَع - لأوّل مرّة منذُ زمَن - خلافها ومُشاحَنتها مع والدي ، خيَّم [9] الهُدوء على البيت ، إلاّ من بُكاء مريم ، الّتي تربِطها [10] بوالدي صلةُ القرابة ، والّتي وعِيتُ [11] علَيها وهي في البيت تُقيم معَنا .

تُبعِدني أمّي عنها مُبْتَسِمةً لتضُمَّ شقيقتي وتُقبِّلَها [12] . وتعود تضمّ مريم ، الّتي أخَذَت تبكي ، وسمعتُ أمّي تقول لها باكيةً : " كَثِّر خيرِك [13] " . مسَحتْ دُموعها بِكَمِّها ، وعادت تتأمَّلني وتتأمَّل شقيقتي وتقول :

---

8 - خالي : *mon oncle maternel.* A distinguer de عَمّ , *oncle paternel.*

9 - خيَّم : sens premier : *couvrir comme une tente* (خَيْمة) , *planer au-dessus.*

10 - الّتي تربِطُها : *«qu'un lien de parenté lie à mon père.»*

11 - وَعِيتُ علَيها : dial. du v. وَعى *prendre conscience* : *«elle était là quand j'ai pris conscience des choses.»*

12 - تُقبِّلها : v. au منصوب car coordonné à تَضمَّ régi par لـ , *pour que,* fonctionnant comme أنْ .

13 - كَتِّر خَيرَك : dial. En litt. : كثَّرَ اللّهُ خَيْرَكَ , *«que Dieu augmente tes biens».*

« Que le mauvais œil s'éloigne! Vous avez grandi ! »

Puis elle m'entoure de ses bras tandis que ma sœur se pend à sa ceinture et nous éclatons de rire lorsque nous nous retrouvons dans l'impossibilité de marcher normalement. En pénétrant dans la pièce, j'ai eu la certitude que son nouveau mari se trouvait à l'intérieur parce que ma mère dit alors en souriant : «Mahmoud vous aime beaucoup. Il souhaiterait que votre père vous confie à moi pour que vous viviez avec nous et que vous soyez ses enfants à lui aussi.» Ma sœur répondit en riant : «Ça voudrait dire que nous aurions deux pères ?! » Je suis toujours comme anesthésiée, la main posée sur le bras de ma mère, fière de ma conduite, d'avoir échappé sans peine à moi-même, à mes mains enchaînées, à la prison de ma timidité. Je me revois rencontrant ma mère, me jetant spontanément sur elle – chose que je croyais impossible –, l'embrassant en fermant les yeux de bonheur. Son mari n'était pas là. J'ouvre les yeux, je fixe le sol et je me pétrifie. Je me trouble. Je regarde le tapis persan étalé sur le sol.

---

1 - ... يِخْزي : en litt. خزى اللّهُ العَيْنَ ، إنّكُما تطولان, *«Que Dieu maudisse le (mauvais) œil. Vous devenez grands (longs).»*

2 - غمَر : *prendre entre ses deux bras, contre sa poitrine.*

3 - الخَطْوُ : du v. خطا —> يخطو, *faire un pas*, suj. de تعذّر .

4 - بِسُهولة : *«facilement.»* سَهْل, *facile.*

5 - زوجَها : au cas منصوب car sujet d'une phr. nominale, introduite par أنّ (cf. gram. 9c).

6 - ... محمود بيحبّكُم : en litt. :

محمود يُحبُّكم كثيراً ويتَمنّى أن يُعطيني أبوَكم إيّاكم ، وتصيروا أَولادَه أيضا حتّى تعيشوا معَنا .

Noter que le dial. n'utilise pas le duel.

7 - مُخَدَّرةً : au cas منصوب car خبَر de مازِلتَ = لا زِلْتَ (cf. gram. 9c).

"يخْزي[1] العَين ، عَمّ تطوْلُو" .

ثمَّ أحاطَتني بِذراعيَها بَينَما غمَرتْ[2] أختي خصرْ أمّي، وأخَذنا نضحكَ عندَما تعذَّر علَينا الخطْوُ[3] بسُهولة[4]. لمّا وصَلنا الغُرْفة الدّاخليّة ، أيقَنتُ أنَّ زَوجَها[5] الجديد في الدّاخل ، لأنَّ أمّي قالت وهي تبتَسم : "محمود بيحبّكُم كْتَير ، وبيِتْمَنّى لَوْ أبوكُم بْيِعْطِيني اَيّاكُم ، حتّى تْعيشوا مَعْنا وتْصيروا كَمان أوْلادُهْ[6]" . وردّت أختي ضاحكَةً : "يَعْني بِصير عِنْدْنا أبَوان ؟" . وأنا لا زِلْت مُخدَّرةً[7] ، أضَع يدي فَوْق ذِراعِ أمّي، فخورةً بتصرُّفي وبإفْلاتي مِن نفسي ومن يدَيَّ الـمُكَبَّلَتَين ومن سِجْن خجَلي ، بلا جُهْد . وأنا أستَعيد صورةَ[8] لقائي مَع أمّي والارتماء تلْقائيّاً عَليها ـ ممّا[9] كُنتُ أحسَبُه[10] أمْراً مُستحيلاً ـ وتَقْبيلِها لدرَجة أنّي[11] أغمَضتُ عينَيَّ . زَوجها لم يكُن هُناكَ . أفَتَح عينَيَّ ، وأُبَحلِق[12] في الأرض ثمّ أجمَد[13] . أضْطَرِب ، أنظُر إلى السّجّادة العَجميّة المَطروحة[14] على الأرض .

---

8 - ... أسْتَعيد صورةَ : «*je reprends l'image de ma rencontre...*»

9 - ممّا : من + ما , *ce que*.

10 - أحسَبُهُ : du v. حَسِبَ , syn. ظنَّ et اعتَبَر .

11 - لِدَرجة أنّي : «*à un tel degré que j'ai fermé mes yeux.*»

12 - أُبَحْلِق : dial. En litt. : حدَّق .

13 - أجْمُدُ : du v. جَمِدَ , *se solidifier*.

14- الـمطْروحة : p. pas. de طرَح , forme مَفْعول .

Je regarde longuement ma mère qui ne comprend pas le sens de mon regard. Au contraire, elle va vers une armoire, l'ouvre et me lance un chemisier brodé. Elle se dirige vers le tiroir de sa coiffeuse où elle prend un peigne d'ivoire sur lequel sont dessinés des cœurs rouges et le donne à ma sœur. Je fixe le tapis persan toute frémissante de rage et de rancœur. Je regarde à nouveau ma mère qui croit que je me tourne vers elle avec amour et tendresse. Elle m'entoure de ses bras en disant : «Il faut que vous veniez tous les deux jours. Le vendredi, il faut que vous le passiez chez moi.» Je reste de glace. J'aurais voulu écarter son bras, mordre la peau blanche de son bras. J'aurais voulu que se répète le moment de la rencontre, qu'elle ouvre la porte et que je me tienne comme il l'aurait fallu, regardant par terre, le front plissé. A présent, mes yeux sont fixés sur le tapis persan dont les formes et les couleurs sont gravées dans ma mémoire. Je m'y allongeais quand je préparais mes leçons – je me retrouvais alors le nez dessus – et je contemplais ses motifs que je comparais aux stries serrées d'une pastèque.

---

1 - بِبْلُوزة = بِـ suivi de, بْلُوزة mot dérivé de : *blouse*.

2 - دُرْج تْوالِيت زِينَتِها : «*le tiroir de son* [*meuble de*] *toilette de son maquillage.* » Tournure assez déroutante.

3 - رُسِمَ : c'est le passif du v. رَسَمَ . L'accord peut se faire avec le suj. qui est un pl. non-humain, ce serait alors : رُسِمَتْ (cf. note 3, p. 36).

4 - حَمْرَاءَ : et non حمراءٌ car dyptote. (cf. gram. 10).

5 - حَنَقاً : au cas منصوب , car مفعول لأجله compl. de cause.

6 - ... لازِم : correspond au litt. : يلزَم = يجب أن .
يلزَم أن تجيئوا كُلَّ يَومَينِ ، ويلزَم أن تقْضوا يومَ الجمعة عندي .

7 - جامِدة : *solidifiée*, p. act. de جمَد .

أنظُر إلى أمّي نَظْرة طَويلة . لم تفهَم معنى نظْرتي . بل إتَّجَهتْ إلى خِزانة تفتَحُها وترمي لي بِبلُوزة[1] مُطرَّزة . وتتَّجه إلى دُرْج تواليت زينَتها[2] ، وتتَناوَل منه مُشْطاً عاجيّاً ، رُسِم[3] عليه قُلوبُ حَمْراء[4] تُعطيه لأختي . أُحدِّق في السّجّادة العجَميّة وأنتَفض حنَقاً[5] ، وغلاَّ . عُدتُ أنظُر إلى أمّي ، وفسَّرتْ نظْرَتي إشتياقاً وحناناً ، لأنَّها أحاطَتني بِذراعَيها وهي تقول : " لازم[6] تجو كُلْ يَوْمَين ، ولازم يوم الجُمْعة تقْضوه عنْدي" . لبِثْتُ جامدةً[7] . ودِدْتُ لو أُبعد ذراعَها . لو أعُضّ زنْدَها الأبيَض . ودِدت لو تتجدَّد لَحظةُ اللّقاء وتفتَح الباب وأقِف كما كان يجِب : نظَري إلى الأرض ، مُقطَّبةُ[8] الجبِين . عيناي[9] الآنَ تنظُران في السّجّادة العجَميّة ذات[10] الخُطوط والألْوان المطبوعة في ذاكرتي . كُنتُ أستلْقي علَيها وأنا أدرُس[11] ، فأجِد[12] نفسي قريبة منها لِدرَجة ، وأتأمَّل نقْشها وأُشبِّهُه بحَزّ بطّيخ أحمَر ، الواحد[13] تِلْوَ الآخَر .

8 - مُقَطَّبة : «*plissée du front* », p. pas. de قطّب جبينَه .

9 - عَيناي : عينان + ي . La َ – sur le ي est purement euphonique (cf. note 6, p. 18).

10 - ذات : fém. de ذو , *ayant*.

11 - أدرُس : «*j'étudie.*»

12 - ... فأجِدُ : «*je me trouvais proche de lui à un* [*haut*] *degré.*»

13 - ... الواحدُ : «*l'un à la suite immédiate de l'autre.*» Phr. nom. f.f. حال .

Lorsque je m'asseyais sur le canapé, les stries s'étaient transformées en un peigne à longues dents. Les bouquets de roses qui se trouvaient tout autour, à chacun des quatre côtés, étaient d'un rouge pourpre, comme le passe-velours. A chaque début d'été, ma mère y mettait des boules de naphtaline, ainsi que sur le reste des tapis. Elle le roulait et le rangeait au-dessus de l'armoire. La pièce paraissait terne, triste, jusqu'à l'approche de l'automne. Ma mère emportait alors le tapis sur la terrasse où elle l'étendait et ramassait les petites boulettes de naphtaline qui pour la plupart avaient fondu avec la chaleur et l'humidité de l'été. Elle passait une petite balayette et le laissait sur la terrasse. Le soir, ma mère le descendait et le déroulait à sa place. La joie m'envahissait. La vie revenait dans la pièce avec des couleurs encore plus gaies. Mais, quelques mois avant le divorce de ma mère, le tapis avait disparu alors qu'il était resté au soleil, déroulé sur le sol de la terrasse.

---

1 - الكنَبة : transcription arabe de *canapé* .

2 - جَوانبَها : au cas منصوب car c.o.d. de p. act. مُحيطة .

3 - ... نَبْتَةً : «*plante de la crête du coq*».

4 - .... مطلَع كَكُلِّ : «*comme à chaque début de saison d'été*».

5 - حتّى , sens premier: *jusqu'à.* On dit plus courramment : تصعَد إلى.

6 - حُبَيبات : pl. de حُبَيْبَة , diminutif de حبّة , *graine*.

وعندَما أجلس على الكنَبة[1] ، أرى الَحزّ قد تحوَّل إلى مُشْط له أَسْنانٌ رفيعة . كان لَوْن باقات الوُرود ، المُحيطة جَوانبِها[2] الأربَعة ، أُرْجُوانيَّة اللَّوْن ، شبيهةً بلَون نَبْتَة عُرْفَ الدّيك[3] . كَكُلّ مطلَع فصْل صَيف[4] ، كانَت أمّي تطرَح حُبوب النَّفْتالين علَيها وعلى باقي السّجّادات ، تلُفّها وتضَعها فوق الخزانة . كانت الغُرْفة تبدو شاحِبة ، حزينة ، إلى أن يطِلَّ الخريف ، وتصعَد بها أمّي حتَّى[5] السّطْح تفرشُها ، تلتَقط حُبَيْبات[6] النَّفْتالين الّتي يكون قد ذاب معظَمُها من حـرّ[7] ورُطوبة الصَّيف، تكنسها بمكْنَسة صغيرة وتتركها فَوق السّطْح. فى المَساء تُنزِلَها أمّي وتفرشها مكانَها وتعُمّني السّعادة : الحَياة تعود إلى الغُرْفة وألْوانُها تُصبِح أكثَر اِبتهاجاً[8] . لِكنْ ، هذه السّجّادة اِختَفَتْ ، قبل طلاق أمّي بأَشْهُر ، وهي تتشمَّس[9] ، مُتَمدّدةً على أرض السّطْح .

---

7 - من حَرٍّ ... : autre tournure : من حرِّ الصَيفِ ورُطوبتِهِ (cf. note 4, p. 178).

8 - ابتِهاجاً : au cas منصوب car تمييز compl. spécifique (cf. gram. 4).

9 - تتشَمَّس : *prendre le soleil.*

Lorsque ma mère était montée pour le reprendre, durant l'après-midi, elle ne l'avait pas retrouvé. Elle avait appelé mon père dont j'avais vu le visage, pour la première fois, virer au pourpre. Alors qu'ils descendaient de la terrasse, ma mère laissa éclater sa colère et son désarroi dont les échos parvinrent aux voisins. Tous jurèrent qu'ils n'avaient pas vu le tapis. Ma mère s'écria tout à coup : «Elias !» Tout le monde semblait avoir avalé sa langue : mon père, moi-même, ma sœur, la voisine, le voisin. Je me suis retrouvée en train de crier : «Elias, quelle horreur, c'est insensé ! »

Elias était un homme pratiquement aveugle qui avait ses entrées partout, dans tout le quartier. Il refaisait à neuf les chaises cannées. Quand venait notre tour, je le voyais en rentrant de l'école, assis sur la *mastaba,* des brins de rotin amoncelés en petits tas devant lui, ses cheveux roux luisant sous le soleil. Il tendait les doigts et attrapait sans peine un bout de rotin comme s'il s'était agi d'un poisson se faufilant, sans dommage, au milieu de filets tendus pour le prendre.

---

1 - العَصْر : *«le milieu de l'après-midi.»* C'est aussi l'un des cinq moments de prière dans l'Islam.

2 - ... رأيتُ الحُمْرَةَ : *«j'ai vu la rougeur surmonter son visage...»*

3 - ... تطيرُ : *«la colère et le désarroi s'envolaient d'elle.»*

4 - لم يَرَوْها : le v. يَرَوْن a perdu son ن , car مجزوم

5 - إيليًا : ou إلْياس équivalent de Elie.

6 - ... وانْعَقَد : *«et sa langue s'est nouée.»*

7 - حرام : *«interdit par la morale ou la religion.»*

8 - مُش معقول : en litt. : غَير معقول .

9 - شِبهُ ضرير : *«presque aveugle »* (cf. note 11, p. 153).

عندما صعدت أمّي عند العصرْ[1] لتأتيَ بها ، لـم تجدها . فنـادَت والـدي ، الّذي رأيتُ اَلحمْرة[2] تعتَلي وجْهَه للمّرة الأولـى . نزَلا من السّطْح والغضَب والَحيْرة تَطير[3] منها وتصل الجيران ، الّذين أقسَموا كُلُّهم أنَّهم لـم يرَوْها[4]. صاحت أمّي فجأةً : "إيليّا"[5] ، وانعقَد[6] لسان الجميع : لِسان أبي ولساني ولسان جارتنـا وجارنا . ووجدَتْني أصيح : "إيليّا ؟ حرام[7] ! مُش[8] معقول ! " .

إيليا ، كان رجُلاً شبهَ ضرير[9] ، يتردَّد[10] على بُيوت كلّ الحَيّ ، يُعيد تقْشيش كراسيهم الخيْزُرانيّة . ولّما كان يأتي دوْرُنا ، أَراه بعد أن آتيَ من الـمدْرسة ، يجلس على الـمصْطَبة[11] ، وأمامَه أكْوام القشّ ، وشعْرُه الأحْمَر يبْرق تحت الشّمْس . يمُدّ أصابعه يتَناوَل خَيْط القشّ بسُهولة وكأنَّه سمَكة ، تمُرّ من بَين الشّباك الـمنْصوبة دونَ أن[12] تُمَسّ بأيّ أذىً[13] .

---

10 - ... يتردّد : *«il venait fréquemment dans toutes les maisons du quartier.»*

11 - مصْطبة : une sorte de *banc en terre battue* ou *en pierre*, installé dans la cour ou à l'extérieur de la maison.

12 - ... دونَ أن : *«sans qu'elle* (سمَكة) *soit touchée par le moindre mal.»*

13 - أذَى : *dommage, mal.*

Je le vois, d'un geste vif et habile, le faire pénétrer dans un trou, le rouler, le faire ressortir pour former au fond du siège un cercle de rotin identique à celui d'avant et à celui d'après, tous d'égale grandeur, de même forme, comme si ses mains étaient une machine. J'étais émerveillée par sa vitesse et par la souplesse de ses doigts et aussi parce qu'il s'asseyait, la tête penchée, comme s'il voyait. Une fois, je me mis à douter qu'il ne distinguât rien d'autre que les ténèbres. Je me suis retrouvée accroupie, regardant son visage à la fois rose et rouge. Derrière les lunettes, j'ai vu ses yeux fermés, avec comme une ligne blanche qui me perça le cœur et qui me fit me précipiter à la cuisine où, voyant un sachet de dattes sur la table, je tendis la main pour verser une poignée dans une assiette et la présenter à Elias.

Je continue à fixer le tapis. L'image d'Elias est passée devant mes yeux, avec ses cheveux et son visage rouges. Je revois sa main : il monte seul l'escalier, s'assoit sur sa chaise, marchande, mange, capable de reconnaître à quel moment il a achevé le contenu de son assiette, boit à la cruche, l'eau coulant sans peine dans son gosier.

---

1 - تليها : du v. يلي , *suivre*, qui n'est utilisé qu'à l'inacc. ou au p. act. التّالي , *le suivant*.

2 - مُتَساوية : p. act. du v. تَساوَى , *s'égaler*. يُساوِي : *est égal à*.

3 - مُتَشابِهة : p. act. de تشابَه , *se ressembler*.

4 - .... كأنَّ : *«comme si ses deux yeux voyaient.»*

5 - أُقَرفِصُ : du v. قَرْفَصَ , un des rares v. dont la racine est formée de 4 lettres (quadrilitère). يجلِس القُرفُصاء, *s'asseoir en tailleur*.

وأراه ، بخفّة ومهارة ، يُدخلها من ثُقْب ويلُفّها ويعود يخرِجها ، حتّى تتكوّنَ صورةُ دائرةٍ من القشّ ، في قاعدة الكُرْسيّ ، كالدّائرة الّتي قبلَها والّتي تليها [1] : كلُّها مُتَساوية [2] ، مُتَشابهة [3] وكأنّ يديه آلة . كُنت أتعجّب لسُرْعته ومُرونة أصابعه ولأنّه كان يجلس مُنْحنيَ الرأس ، كأنّ [4] عينَيه تُبصران . شككتُ مرّة بأنّه لا يرى إلاّ العتْمة . ووجدتُني أُقَرْفص [5] وأنظُر إلى وجْهه المُتَوَرِّد الأحمَر ، فأرى عينَيه مُغمَضتَين تحت النّظّارات ، وكأنّ فيهما خطّاً أبيض [6] ، حزّ في قلبي وجعلَني أُسرع إلى المطْبَخ ، فأرى كيس تمْر على الطّاولة ، أمُدّ يدي أضَع كومة في صحْن أُقدّمه لإيليّا .

وأنا لا أزال أُحدِّق في السّجّادة . طافت صورة إيليّا الأحمرِ الشّعْر والوجْه ، ففطنْتُ [7] اليَد وهو يصعَد الدّرَج وحدَه . وهو يجلس على كُرْسيّه . وهو يُساوِم . وهو يأكُل ويعرف أنّه أكَل ما في الصّحْن . وهو يشرَب من الإبْريق [8] ، والماءُ ينصَبُّ في حلْقه بسُهولة .

---

6 - أبْيَض : épithète de خطًّا qui est خبر de كأنّ (cf. gram. 9c). Ne prend pas le tanwin, car dyptote (cf. gram. 10).

7 - فطنتُ : *je me suis rappelé.* Dial. Le litt. dirait : تذكّرتُ.

8 - الإبريق : *cruche à gargoulette,* que l'on lève à plus de 15 cm au-dessus de sa tête en laissant couler un filet d'eau dans sa bouche. Exercice difficile pour un aveugle.

Lorsqu'il est venu, un midi (mon père lui avait appris à dire «Allah» avant de frapper et d'entrer, ma mère pouvant se trouver sans voile), ma mère fondit sur lui en l'interrogeant à propos du tapis. Il ne répondit rien, émettant seulement une sorte de bruit qui ressemblait à un sanglot. Lorsqu'il voulut s'avancer, pour la première fois il trébucha et manqua se heurter à la table. Je m'approchai et lui pris la main. Il s'en saisit. Il m'avait reconnue au seul toucher parce qu'il me dit d'une voix presque chuchotante : «Ce n'est rien, petite.» Il se retourna pour sortir. Il se baissa pour enfiler ses chaussures et j'ai eu l'impression qu'une larme furtive roulait sur sa joue. Mon père ne le laissa pas mais lui dit : «Dieu te pardonnera, Elias, si tu me dis la vérité.» Elias s'en fut, s'appuyant à la rampe de l'escalier. Il descendait les marches, mettant du temps à trouver son chemin, contrairement à son habitude, jusqu'à ce qu'il disparaisse. Nous ne le revîmes plus.

---

1 - ذاتَ ظُهْرِ : *«un certain midi.»*

2 - اللّهُ ! : *Dieu* ! Cri que l'on lance en entrant dans une maison pour avertir de la présence d'un étranger.

3 - لَرُبَّما : la prép. لَـ avant رُبَّما, *peut-être que*, marque une hypothèse.

4 - يقُلْ : du v. قال —› يقول . Ici مجزوم par لم.

5 - مَعَليش : dial. en litt. ما ترتَّب علَيه شيءٌ , *«rien ne s'en suit* » ou «*peu importe*».

6 - عمّو : dial. يا عمّي . Appel que le neveu (nièce) adresse à son oncle paternel et vice-versa (cf. note 6, p. 92). Plus

لما جاءَ ذاتَ ظُهْرٍ [1] ، وقد تعلَّم من والدي أن يقول "الله" [2] قبلَ أن يقرَع ويدخُل – لَرُبَّما [3] أمّي كانَت بلا حجاب – هجَمتْ أمّي علَيه تسألُه عن السّجّادة . لَم يقُلْ [4] شَيئاً ، بل أصدر صَوْتاً يُشبِهُ البُكاء . ولّما مشى تعثَّر لأوَّل مرّة ، وقارَب على الإصطدام بالطّاولة . إقتَرَبتُ أُمسك بيده ، فأمسَكها وقد عرَفَني من لمْسه لِيَدي . لأنّه قال لي بصوْت يُشبه الهمْس : "مَعَلَيش [5] عمّو" [6] ، وإستَدار يخرُج . إنحَنى ينتَعل حذاء ه ، وكأنّي رأَيْت دُموعا خفيفة على خدَّيه . ولم يَترُكْه والدي بل قال لَهُ : "اللَه يسامْحَكْ [7] يا إيليّا ، إذا قُلْتَ الحقيقة" . لكنَّ إيليّا مشى يستَند على دَرابْزين الدَّرَج . ينزِل الدَّرجات ، آخذاً وقْتاً ، على غَيْر عادَته ، في تحَسُّس [8] طريقَه حتّى إختَفى ولم نعُدْ [9] نراه .

---

globalement, formule que tout enfant adresse à un adulte, par respect, et que tout adulte adresse à un enfant par affection.

7 - اللّه يسامْحَكْ : en litt. : سامَحَكَ اللّه , *«que Dieu te pardonne»*. En lui promettant le pardon, le père pousse Elias à passer aux aveux.

8 - ... في تحَسُّس : *«à tâter son chemin.»*

9 - لم نعُدْ : à l'origine نعود . Ici مجزوم (cf. note 4).

NOTES GRAMMATICALES

a - Il est exprimé soit par un adjectif simple soit par une phrase. Dans le 1er cas, l'adj. doit être dépourvu d'article et se mettre au cas direct منصوب : يمضي [مُهَرْوِلاً], il va *en marchant d'un bon pas* ; يعيش وحيداً, il vit *seul* ; يَسير [عَالِيَ الرأس], il marche *la tête haute* (haute revient à la tête).

Dans le 2e cas, la phrase – nominale ou verbale – est précédée par وَ (suivi d'un nom ou d'un pron.) : يُرى [وهو مُتَرَبِّعٌ] *, on le voit *assis par terre en tailleur* («*alors qu'il est assis...*»)

* فيرَونَهُ [والنّارُ تَشتَعِل], ils le voient *tandis que le feu s'embrase ...*

Note : Si la phrase débute par un v. à l'accompli (ماضِي) le وَ est généralement suivi de قد : وصاحَت أُمُّه [وقد رأت عقْرَباً], sa *mère cria, en voyant un scorpion...*

b - Il est une autre sorte de phrase حال non précédée de وَ : les grammairiens arabes parlent alors de حال ou de صفة (épithète), selon que l'antécédent est ou n'est pas déterminé. (Ils parlent également de بَدَل apposition...)

* لاذ أبو فهد وأمّ فهد بالصَّمْت [يغمُرُهما فرحٌ كبير], *Ils se sont tus, submergés par une grande joie* («*alors qu'une grande joie les a submergés*»), dans cette phrase la 2e proposition est حال car se rapportant à un déterminé.

* سَنَشْتَري بيتاً [له جُنينةٌ], nous achèterons une maison *qui ait un jardin*. Ici la 2e proposition est صفة

Noter que ce genre de phrase حال ou صفة est généralement rendu en français par une relative (contrairement à « **a** »).

Gram. 2 : LECTURE DES VERBES DE FORME I, (SIMPLE) ET A LA VOIX ACTIVE

Ce v. formé de 3 lettres devient lisible lorsque la voyelle de la 2e radicale est donnée. Seule celle-ci sera donc signalée.

En effet, à l'acc. ماضي , la voyelle de la 1re radicale est toujours ـَ , celle de la 3e est donnée par la conjugaison, il suffit donc de signaler celle de la 2e radicale. حلِمتُ se lit forcément حَلِمْتُ ؛ أمَرني se lit أَمَرَني et سمِعَهُ se lit سَمِعَهُ .

A l'inacc. مضارع , la désinence-sujet est affectée d'une ـَ , la 1re radicale d'un ـْ , la 3e de la voyelle correspondant au mode du v. (ـُ pour l'indicatif, ـَ pour le subj. et ـْ pour l'apocopée). Seule la voyelle de la 2e radicale doit être signalée. يبلُغ se lit forcément يَبْلُغُ
. تظهَر —> تَظْهَرُ حتّى يسألهُ —> حتى يَسْأَلَهُ (
subj.), لم أعرفه —> لم أعرِفْهُ (apocopée) .

Δ Noter que lorsque la 2e ou la 3e radicale est une voyelle longue, la voyelle de la 2e radicale s'impose d'elle-même et toutes les voyelles peuvent être devinées :

قال se lit قالَ , دعا —> دَعا ، يقول —> يَقولُ
يدعو —> يَدْعو et يمضي —> يَمْضي

Gram.3 : LES VERBES FAISANT FONCTION D'AUXILIAIRES

A. Généralement, un verbe se situant dans la suite d'un autre et dans la même phrase doit être précédé d'une particule de coordination (وَ ، ثُمَّ ...) ou de subordination (عِنْدما ، حتّى ، أن) . Mais certains verbes faisant fonction d'auxiliaires peuvent se placer directement devant un verbe à l'inacc. مضارع . Ce sont les verbes dits :

a . d'existence : كان (*être*) ; أصبح et صار (*devenir*) ; بقيَ (*rester*) ; ما دام (*ne pas cesser, demeurer*). Ex. : كانَ يبكي , *il pleurait* ; صار يبكي, *il se mit à pleurer* ; ظلّ يبكي , *il n'a cessé de pleurer.*

b . inchoatifs (marquant le début d'une action) :جعَل .... بدَأ ، أخذ ، راح Ex. : جعل يبكي , *il s'est mis à pleurer* ; راحوا يقولون , *ils se mirent à dire.* Ces auxiliaires restent au ماضي .

c . d'imminence (indiquant la réalisation prochaine d'une action) : كاد <— يكاد ؛ أوشَك <— يوشك .. (*être sur le point de*); لا يلبث <— ما لبث (*ne pas tarder à*)... Ex. : يكادُ يبكي *il est sur le point de pleurer.* Ces auxiliaires peuvent être aussi bien à l'acc. qu'à l'inacc. Ils peuvent aussi être suivis par la conjonction أن .

B. En dehors de ces verbes faisant fonction d'auxiliaires, il est un autre procédé où un verbe à l'inacc. peut se placer, sans particule, après un verbe acc. ou inacc. C'est le cas de la phrase حال (compl. de manière, cf. gram. 1) non introduite par و : [جاء مُحمَّد [يركُض , *Mohamed est venu en courant.*

Gram. 4 : التَّمييز, OU COMPLEMENT SPECIFIQUE

C'est un substantif qui vient après un autre mot (verbe, adj., nombre, nom de mesure...) pour, justement, le spécifier.

. ازْدادَ غِبطَةً , *« il a augmenté en allégresse», il devient plus joyeux .*

. هو أكبَرُ سِنّاً , *«il est plus grand quant à l'âge», il est plus âgé.*

. عِندي ثَلاثونَ كتاباً , *j'ai trente livres.*

. أُريد ليتراً حَليباً , *je veux un litre (en fait) de lait.*

. هو أكثرُ ابتِهاجاً , *il est plus gai.*

Ce complément doit rester indéterminé نكِرة et se mettre au cas direct منصوب .

Gram. 5 : VERBES DERIVES PAR L'AJOUT D'UNE SEULE LETTRE AUX TROIS RADICALES

Ce sont les verbes de :

1 - La forme II (redoublement de la 2e radicale)

acc.	inacc.	masdar	p. actif	p. passif
فَعَّل -->	يُفَعِّل	تفْعيل	مُفَعِّل	مُفَعَّل
لَوَّح -->	يُلَوِّح	تَلْويح	مُلَوِّح	مُلَوَّح

La vocalisation allégée utilisée dans le texte est :

فعَّل -->	يُفعِّل	تفْعيل	مُلوِّح	مُلوَّح

2 - La forme III (ajout d'un [ا] après la 1re radicale)

فاعَل <--- يُفاعِل مُفاعَلة مُفاعِل مُفاعَل
تابَع يُتابِع مُتابَعة مُتابِع مُتابَع

La vocalisation utilisée dans le texte :

فاعَل <--- يُفاعِل مُفاعَلة مُفاعِل مُفاعَل

3 - La forme IV (ajout d'un [ا] avant la 1re radicale)

أَفْعَل <--- يُفْعِل إفْعال مُفَعِّل مُفَعَّل
أصْبَح يُصْبِح إصْباح مُصْبِح مُصْبَح

Vocalisation

أفعَل يُفعِل إفعال مُفعِل مُفعَل

Noter : Ce sont les seules formes où la désinence du مضارع (acc.) à la voie active porte une ـُ .

Gram. 6 : المَفعول المُطلَق OU COMPLEMENT ABSOLU

Ce compl. est formé d'un مصدر (infinitif) tiré de la même racine que le v. qui le précéde immédiatement dans la phrase (ou de la racine d'un verbe syn.), suivi ou non d'une épithète, le مصدر et épithète étant au cas direct منصوب

Suivi d'une épithète, il exprime la manière :

- ضحِك ضِحْكةً عاليةً , *il a ri haut, «il a ri d'un rire haut».*

- ينام نَوماً عميقاً , *il dort profondément, «il dort d'un sommeil profond».*

Non suivi d'épithète, il exprime l'insistance :

- يقوم قياماً (ou : يقوم وُقوفاً) , *il se met bien debout.*

Noter ce substitut au compl. absolu : وقَف نصف وقْفة *il se releva à moitié.* L'infinitif وقْفة fait ici fonction de complément de nom.

Gram.7: L'ACCORD DU NOMBRD CARDINAL AVEC LE NOM

Opération complexe. Retenons cependant deux règles :

1. Le nombre entre 3 et 10 (de même le nombre indiquant les unités entre 23 - 29, 33 - 39...) perd son ة devant un nom fém. : سبْع جرار (pl. de جرّة , *jarre*) mais سبعة أقداحٍ (pl. de قدَح , *verre*, masc.)

2. Le nom se met au pl. et au cas indir. (مجرور) après un nombre allant de 3 à 10 (pl., exemple *supra*). Il reste au sing. et au cas direct (منصوب) entre 11 et 99 سبْع وعرون جرّةً , *27 jarres* ; سبعة وثلاثون قدحاً, *37 verres*).
Il reste au sing. mais au cas indirect après مائة , *cent*, ألْف, *mille* (ألف جرّةٍ ، مائة قدح) .

Gram. 8 : LES VERBES DERIVES PAR L'AJOUT DE 2 LETTRES

Ces verbes formés de 5 lettres (3 radicales + 2 ajouts) ont le même système vocalique :

à l'acc : ـَـ ـَـ ـَـ ـْـ ا et à l'inacc. : ـُـ ـِـ ـَـ ـْـ يَـ

1 - Forme VII (ajoút d'un انْـ avant lés 3 radicales)

acc.		inacc.	masdar	p. actif	p. passif
انْفَعَلَ	--->	يَنْفَعِل	انْفِعال	مُنْفَعِل	مُنْفَعَل
انْتَظَرَ	--->	يَنْتَظِر	انْتِظار	مُنْتَظِر	مُنْتَظَر

Vocalisation utilisée dans le texte :

انفَعَل	--->	ينفَعِل	انفِعال	مُنفَعِل	مُنفَعَل

2 - Forme VIII (ajout d'un ا initial et d'un ت après la 1re rad.)

افْتَعَل	--->	يَفْتَعِل	افْتِعال	مُفْتَعِل	مُفْتَعَل
اقْتَرَب	--->	يَقْتَرِب	اقْتِراب	مُقْتَرِب	مُقْتَرَب

Vocalisation

افتَعَل	--->	يفتَعِل	افتِعال	مُفتَعِل	مُفتَعَل

Noter que la voyelle initiale est connue : ـَـ à l'inacc. et ـِـ (indiquée par la wasla [ا]) à l'acc. (Celle-ci ne se prononce pas en cas de liaison.) La voyelle de la 2e lettre est toujours ـْـ . Il suffira de signaler la voyelle des 3e et 4e lettres.

Gram. 9 : LA PHRASE NOMINALE

a. La phrase nominale la plus courante est celle où le v. *être* est sous-entendu : البابُ مفتوحٌ , *la porte est ouverte* ; أنا هنا , *je suis ici* ; لَيلى طالبةٌ , *Leila est étudiante.* Le مُبْتَدأ (suj.) et le خَبر (attribut) sont au cas مَرفوع (sujet).

b. Phrase nominale inversée : Lorsque le مُبتَدأ d'une phr. nom. est indéterminé, il doit obligatoirement se placer après le خبر . Ex. : في عَينَيه [حذَرٌ] , *«dans ses yeux de la crainte»: il y a de la crainte dans ses yeux;* هُناك [أملٌ], *«là, de l'espoir» : il y a de l'espoir* ; بي [مرضٌ] ,*«en moi, une maladie» : j'ai une maladie* ; عندي [كتاب] , *«chez moi un livre» : j'ai un livre* ; في يده [حقيبةٌ] , *«dans sa main, une valise » : il a une valise à la main.*

Cette tournure correspond en français à l'expression du *v. avoir* et à la tournure *il y a un ...*

c. La phr. nom. introduite par un auxiliaire ou une particule.

- Introduite par كان (ou l'une de ses « sœurs » : أصبَحَ ، صار ، ما زال...) ou par لَيْس, le خبر d'une telle phr. se met au cas منصوب (dir.) .

كان البابُ مفتوحاً , *la porte était ouverte* ;
لَستُ مريضاً , *je ne suis pas malade.*

- Introduite par إنّ (ou l'une de ses « sœurs » : لكنّ ، لعَلَّ ، أنّ ,..) c'est le مبتَدأ (suj.) qui se met au cas

إنّ البابَ مفتوحٌ , *la porte est ouverte* ; منصوبٌ : لكنّهُ مريضٌ , *mais il est malade.*

d. La phrase nominale complexe : c'est la phr. où le مُبتَدَأ est suivi d'un خبر formé par une phr. soit nom. soit verbale contenant un pron. de rappel qui renvoie au مبتَدَأ : Ex. : الصَّحْراء تئِنَّ فيها الريحُ , *« le désert, le vent y geint » : le vent geint dans le désert* ; أمّا متّى فكانت صَومعَتُه واسعةً , *quant à Matta, sa cellule était vaste.*

Grammaire 10 : الممنوع من الصّرف OU DYPTOTE

Les mots, noms ou adjectifs, dits dyptotes, ont une déclinaison incomplète :

- Lorsqu'ils sont indéterminés, ils ne portent pas le tanwin mais la voyelle correspondante : ـَ , ـُ ou ـِ à la place de ـًا , ـٌ ou ـٍ .

Lorsqu'ils sont au cas indirect مجرور , ils sont affectés d'une ـَ finale au lieu d'une ـِ (ou d'un ـٍ).

Ainsi l'on dira هذا قلمٌ أحمرُ , *c'est un crayon rouge*, et non pas هذا قلمٌ أحمرٌ . On dira de même : صعدتُ إلى جبلٍ أخضرَ , *j'ai escaladé une montagne verte*, et non pas صعدتُ إلى جبلٍ أخضرٍ .

INDEX LEXICAL

Ce lexique alphabétique se lit dans le sens de l'arabe: de droite à gauche. Il commence donc à la page 255 et se termine à la page 235.

Comment chercher un verbe:

● En retrouvant sa forme de base: à la 3ème personne du masculin singulier de l'accompli. Vous le retrouverez alors suivi de l'inaccompli, et éventuellement de la préposition avec laquelle il se construit.
● Si le verbe est de la forme I, seule la voyelle variable de l'inaccompli sera signalée aprés l'accompli: كتب ، ـُ .

Comment chercher un nom ou un adjectif:

● Sous la forme qu'il prend au masculin singulier. Celle-ci sera suivie du suffixe ون ou ات si le pluriel en est régulier, ou, en cas contraire, de la forme complète du pluriel.
● Le nom dont le genre n'est pas évident ou suffisamment connu sera suivi de *M* ou *F*.
● L'adjectif dont le féminin ne s'obtient pas par la simple adjonction d'un ة sera suivi de sa forme au féminin.

Attention: pour chercher un nom (ou un adjectif) donné au pluriel irrégulier, il faut commencer par en supprimer les lettres constitutives de ce pluriel et qui sont souvent: le أ initial (أنجُم pluriel de نَجْم), le ا médian (جِمال, pluriel de جَمَل), les deux lettres a la fois (أعْمال , pluriel de عَمَل) ou du و médian (قُلوب, pluriel de قلب). Cela vous donneras sinon la forme précise du singulier de beaucoup de mots, du moins la forme la plus proche de celle-ci; car le jeu vocalique (des voyelles aussi bien longues que brèves), fort complexe, est impossible a cerner en peu de mots (voir aussi note 6, p. 128, note 9, p. 131, note p. 147, note 5, p. 164 et note p. 173).

ي

يَئِس ، يَيْأس désesperer,111

يِاقة ، ات col, 97

يَجِب il faut, 175

يسار gauche, 73

يِقِظ ، ون éveillé, 145

يِمَين droite (main), 81

يُنْبوع، يَنابيع source, 161

هـ

هاتِ ! — donne ! , 53
هادِئ ، ون — paisible, 149
هازِئ ، ون — se moquant, 139
هام ، يهيم — errer, 129
هام (يهيم) على وَجهِه — errer ça et là, 21
هبَش ، ـِ — égratigner, 177
هتَف بـ ، ـَ — hurler, 39
هجَر ، ـُ — abondonner,149 délaisser, 117
هدَأ ، ـَ — s'apaiser, 133 se calmer, 153
هدَف ، أهداف — but, 107
هُدوء — tranquilité, 119
هرِع ، ـَ — se précipiter à, 21
هَرْوَل ، يُهَرْوِل — se hâter, trottiner, 41
هزّ رأسَه ، يهُزّ — hôcher la tête, 93
هلك ، ـِ — mourir, 119
همَس ، ـِ — chuchoter, 61
هَمْهَم ، يُهَمْهِم — marmotter, 153
هَوادة — répit, 75
هُوِيّة ، ات — identité, 19

و

واثِق ، ون — assuré, 157
واجِب m ، ات — devoir, obligation, 123
وادي ، ودْيان — vallée, 105
واقِع — réalité, 105
على وَجْهِ التَحْقيق — au juste, 125
وحيد ، ون — seul, 53
وِداع — adieu, 85
ودّ ، يوَدّ — aimer,
ودّ لو — aurait aimé, 183
ودَّع ، يُوَدِّع — faire ses adieux, 83
وَرِث ، يَرِث — hériter, 89
وَرْطة ، ات — situation embarassante,111
ورِع ، ون — plein de dévotion, 39
وَرَق ، أوْراق — feuille, 121
وضْع ، أوْضاع — situation, 175
وطِئ ، يطَأ — piétiner, 131
وَطَن ، أوْطان — patrie, 89
وقّع ، يُوقّع — signer, 93
ولَد ، يلِد — enfanter, accoucher, 61
وَهْم ، أوْهام — chimère, 145

logique, 37	مَنْطقيّ ، ون
aspect, spectacle, 33	مَنْظَر ، مناظِر
plein, 119	مَمْلوء ، ون
interdit, 101	ممنوِع ، ون
pente, versant, 87	مُنحدر m ، ات
penché, 189	مُنْحني ، ون
logique, 111	مْنطق m ،
bien éclairé,125	مُنير ، ون
habileté, 189	مهارة ، ات
abondonné, 115	مهجور ، ون
bien élevé, 101	مُهَذَّب، ون
doucement, 171	مَهْل ، على
faisant face, 29	مُواجِه
mort (la mort), 101	مَوْت
flot, 125	مَوْج ، أمْواج
sauvage, 119	موحِش ، ون
mort, 21	ميت ، أمْوات

ن

s'éloigner, 77	نأى ، ينأى
déchainé, maigre, 167	ناحِل ، ون
de rares fois, 15	نادراً
fin, 143	ناعِم ، ون
fenêtre, 17	نافِذة ، نَوافِذ
nouvelle, 35	نبَأ ، أنْباء
prophéthie, 87	نُبوءة ، ات
inflexion, accent, 137	نَبِرة ، ات
palpiter, 107	نبَض ، –
étoile, 115	نَجْم ، نُجوم
écarter, 147	نَحى ، يُنحّي
ainsi, 123	نَحْو ، على هذا الـ –
copier, 123	نسَخ ، –
oublier, 135	نَسِي ، ينسى
brise, 127	نَسيم
ivresse, 51	نشْوَة ، ات
conseiller, 97	نصَح ، –
parler, 91	نطَق ، –
lunettes, 189	نظّارات
propre, 63	نظيف ، ون
souffle, 153	نَفَس ، أنْفاس
je désire..., 93	نفسي في...
réduire à néant, 109	نقَض ، –
plaisanterie, anecdote, 99	نُكْتة ، نكات
croître, 119	نما ، ينمو
avoir l'intention, 81	نَوى ، ينوي
crise, 149	نَوبة ، ات
lumière, 49	نور ، أنْوار

مُرْتَعِش ، ون frémissant, 77
مُرتَفِع ، ون haut, élevée, 47
مَـرِح ، ون enjoué, 73
مرِح ، – s'amuser, 83
مرَّ ، يمُرّ passer, 87
مرَض، أمْراض maladie, 33
مريض، مرضى malade, 35
مزّق ، يُمزِّق déchirer, 129
مُسْبَقاً à l'avance, 175
مُستَحيل impossible, 105
مسَح ، – essuyer, 179
مسَّ ، يمَسّ toucher, 73
مسَّه الشَيطان ، يمَسّ être possédé, 129
مُسند appuyant, 69
مسْكِن ، مساكِن domicile, 37
مشى ، يمشي marcher, 45
مُشْط، أمْشاط peigne, 183
مشَقّة ، ات peine, 33
مشْمش ، ات abricot, 87
مِصْبَاح ، مَصابيح lampe, 29
مُطَرَّز ، ون brodé, 183
مضى ، يمضي passer, 17
repartir, 119
مضى مُهَرْوِلا ، يمضي aller de bon pas, 119
مُضني، ون exténuant, 111
مُعَقَّد ، ون compliqué, 133
مُعظَم ... la plupart, 185
مَعونة ، ات secours, 145
مِفْتاح ، مَفاتيح clé, 41
مَفصِل ، مفاصل articulation, 177
مُفْعَم ، ون plein, 47
مفقود ، ون perdu, 111
مُقابِل ، ون opposé, 105
مُقَدَّس ، ون saint, 87
مُقَدِّمة ، ات préambule, 17
مُقفر ، ون désert, 49
مُكَبَّل ، ون enchaîné, 181
مكْتَب، مكاتب bureau, 107
مَكْتَبة bibliothèque, 125
مكتوف اليَدَين bras croisé, 81
مَلْبِس ، ملابِس vêtement, 63
ملْح ، أملاح sel, 147
مَلَك ، – avoir, posséder, 23
مُنافَسة ، ات rivalité, 99
مِنْبَر ، منابِر chaire, 33
مُنتَشي euphorique, 47
منَح ، – accorder, 123
منَع ، – empêcher, 29

لَمْح البصر ، في
en un clin d'œil, 161

لـمَس ، َ- toucher, 191

لها ، يلْهو s'amuser, 57

لَهْجَة ، ات ton, accent, 61

لوَّح بـ ، يلَوِّح agiter, 87

لَيْلة ، لَيالي nuit, 91

م

مئْذَنة ، مآذِن minaret, 29

مَأْوى ، مآوِي refuge, 129

ماكِر ، ون rusé, 63

مال ، أمْوال
fortune, bien, 17

ماهِر ، ون adroit, 107

مُباغِت ، ون soudain, 65

مُبتَلّ ، ون humider, 77

مبْحوح ، ون rauque, 129

مُبْهَم ، ون vague, 117

مُتآمِر ، ون
conspirateur, 145

مُتَجَمِّد ، ون immobile, 51

مُتَدَلّي ، ون suspendre, 65

مُتَساوي ، ون égal, 189

مُتَشابِه ، ون
comparable, 189

مُتَشَنِّج ، ون
crispé, figé, 117

مُتْعَب ، ون fatigué, 143

مُتَعَرِّج ، ون Sinneux, 45

مُتَكَرِّر ، ون
se repétant, 155

مُتَهَدِّم ، ون détruit, 97

مُتَواضِع ، ون
modeste, 123

مُتَوَتِّر ، ون tendu, 161

مَثَل ، أمْثال
proverbe, 175

مَحا ، يمحو effacer, 153

مُحامي ، ون avocat, 63

مَحْبوس ، ون
reprimé, 145

مُحتَرَم ، ون
honorable, 101

مُحسِن ، ون
bienfaiteur, 23

مُحَملِق ، ون
écarquillant les yeux, 69

مِحْنة ، مِحَن épreuve, 149

مُخاطَرة ، ات
aventure, perilleux, 67

على مَدار
tout au long de, 119

مَدْخَل ، مداخِل entrée, 177

مُراقِب ، ون
observateur, 101

قُمامة ، ات ordure, 21
قمَر ، أَقْمار lune, 115
قَميص ، قُمْصان
chemise, 97
قَنْطَرة ، قَناطر arche, 49
قَهَر ، ـَ vaincre, 127
قَهْقَه ، يُقَهْقه
éclater de rire, 165
قُوَّة force,
بالقوة par la force, 173
قُوَّة ، قوى
force, intensité, 39

ك

كَأَنَّ comme si, 155
كئيب ، ون
mélancolique, 153
كابوس ، كَوابيس
cauchemar, 117
كبُر ، ـَ grandir, 63
كتف ، أكْتاف épaule, 75
كُرَة ، ات balle, ballon, 107
كريم ، كُرَماء généreux, 49
كسا ، يكسو recouvrir, 143
كسَل paresse, 143
كفَّ عن ، ـُ cesser de, 17
كُم ، أكْمام manche, 179
كمِيّة ، ات quantité, 121
كنيسة ، كَنائِس
église, 119
كَهْل ، كُهول vieux, 93
كوفيّة ، ات keffié, 105
كومة ، أكْوام pile, 143

ل

لاحَق ، يُلاحق
harceler, 85, talonner, 161
لاذ بـ ، يلوذ se réfugier, 65
لاهِث haletant, 33
لاوَعْي
inconscient (subst), 175
ما لَبِث أن ، لا يلبَث
ne pas tarder à, 69
لَبَن ، أَلْبان lait caillé, 91
لحَس ، ـَ lécher, 171
لحْظة ، لحَظات instant, 61
لَزِج ، ون visqueux, 167
لعَلَّ peut-être que, 23
لعَن ، ـَ maudire, 17
لَفّ ، يَلُفّ rouler, 185
لفَّ ، يلُفّ enrouler, 67
لقَّن دَرْساً ، يُلَقِّن
donner une leçon, 83
لمّا + مجزوم
ne...pas encore, 89

فشى السرّ ، يفشي
dévoiler le secret, 95
فَضْفاض ، ون ample, 137
فضّي ، ون en argent, 151
فَقير ، فُقَراء pauvres, 21
فِكْرة ، أفْكار
pensée, idée, 85
فَكّ ، أفْكاك machoir, 95
فقَد صوابه ، –
perdre la traison,145
فُنْدُق ، فَنادِق hôtel, 101
على الفَوْر
sur le champ, 141

ق

قائمة ، قوائِم patte, 51
قاعِدة ، قواعد fond, 184
قاعَة ، ات salle, 143
قانون ، قَوَانين loi, 93
قَبض على ، –
attrapper, 163
قَبْو ، أقبية
galerie intérieure, cave, 21
قتيل assassiné, 35
قدَح ، أقْداح verre, 47
قذَف ، – propulser, 107
قِديس ، ون saint, 141
قَذر ، ون immonde, 129
قرابة parenté, 179
قرِض ، – prêter, 15
قرِع ، –
frapper (à la porte), 191
قَرْفَص ، يُقَرفص
s'assoir en tailleur, 189
قريب ، أقْرباء
parent, proche, 87
قَرْيَة ، قُرى village, 141
قُشَعْريرة ، ات
frisson, 131
قَصْر ، قُصور palais, 135
قضى على ، يقضي
tuer, achever, 31
قطَر ، –
tomber goutte à goutte, 181
قَطْرة ، قطَرات goutte, 85
قطّب الجبين ، يُقَطِّب
plisser le front, 51
قطَع ، – traverser,
parcourir, 97
قطع ، – interrompre, 103
قفَز ، – bondir, 157
قَلْب ، قُلوب cœur, 173
قلّد ، يُقَلِّد imiter, 171
قلَق inquiétude, 39
قلَم ، أقْلام calme,
crayon, 142

غ

غادَر ، يُغادِر — quitter,37
غادَر ، يُغادِر — quitter, 67
غارِق ، ون — plongé, noyé 115
غامِض ، ون — indéfinissable 93
غبْطة — bonheur 47
علَى حين غرّة — à l'improviste, 51
غُروب — coucher (le), 159
غسّالة ، ات — machine à laver, 59
غُصْن ، غُصون — branche 121
غطّى ، يُغَطّي — couvrir, 171
غَفَر لـ ، ـَ — pardonner, 147
غَلَى ، يَغلي — bouillir,143
غِلّ — rancune, 83
غَمَر ، ـُ — envahir, couvrir, 171
غنّى ، يُغَنّي — chanter, 41
غنيّ ، أغْنِياء — riche, 59
غَيْظ — fureur, 51

ف

فائدة ، فَوائد — utilité
بلا فائدة — inutilement, 175
فات ، يَفوت — manquer, échapper, 85
فارَق ، يُفارِق — quitter, 177
فاضل ، ون — vertueux, 35
[ما] فَتِئ ، لا يفتأ — ne pas cesser, 119
فَتّت ، يُفَتّت — broyer, 89
فتّش ، يُفتّش — fouiller, 37
فاجأ ، يُفاجِئ — surprendre, 41
فجْأةً — tout à coup, 57
فَجْر — aube, 29
فحص ، ـَ — examiner, 107
فَخْم ، ون — superbe, 135
فَخور ، ون — fier, 181
فَراغ ، ات — vide, 89
فرح ، أفْراح — joie, 167
فَرِح ، ون — gai, 69
فرش ، ـ — étendre, 185
فرَغ منِ ، ـَ — achever, 121
فَرْق ، فُروق — différence, 109
فُرْن ، أفْران — fourneau, 141
فَريق ، فُرَقاء — équipe, 107

عاد ، يعود +v
se remettre à 47

عادة ، ات habitude, 39

كالعادة
comme d'habitude, 39

عاري ، عُراة nu, 21

عاش ، يعيش vivre, 15

عاطفة ، عواطف
sentiment, 173

عالَم ، ون monde, 33

عانى ، يُعاني endurer, 133

عِبْرة ، عِبَر
leçon, morale 23

عَبْر à travers, 45

عتَبة ، ات seuil, 87

عتيق ، عتاق
vieux, antique, 49

عثَر على ، ـَ retrouver, 37

عَجْز impuissance, 37

عجَلة ، ات roue, 111

عدم néant, 45

عَدُوّ ، أعْداء ennemi 127

عَذْراء ، عذارى
vierge, 121

عُذوبة suavité, 47

عرَف ، ـ
reconnaître, connaître, 29

عريس ، عُرسان
nouveau marié, 91

عسَل miel, 161

عَشيَّة la veille, 85

عصَب ، أَعْصاب nerf, 39

عَصْر
milieu de l'après midi 185

عضّ ، ـُ mordre, 63

عضَلة ، ات muscle, 165

عِفريت ، عَفاريت
espiegle, 95

عَقْرَب f ، عَقارب
scorpion, 141

عَلاقة ، ات relation, 35

عُلَّيقة ، ات buisson, 95

عليْكَ أن tu dois

كان عليك أن
tu aurais dû, 57

عمَّ ، يعُمّ envahir,177

عميق ، ون profond, 147

عَنى ، يعني
vouloir dire, 39

عُنْف violence 137

عُنُق ، أعْناق cou, 155

عنيد ، ون têtu, 95

عوى ، يعوي
grogner, aboyer,131

عيد ، أعْياد fête, 119

عَيْن ، أعْيان notable, 23

عَينِه ، بِأُمِّ ـ
de ses propres yeux 85

صمَت ، ـُ se taire, 21
صمَم surdité, 14
صمَّم على ، يُصَمِّم
décider, 175
صَوْب vers, 173
صَوت ، أَصْوات voix, 29
صَيْف ، أَصْياف été, 21

ض

ضاري ، ضُراة féroce, 117
ضارية ، ات
ضاحية ، ضواحي
banlieue, 87
ضالّ ، ون en perdition, 135
ضايَق، يُضايِق ennuyer, 45
ضجّة ، ات bruit, 69
ضحك ، ـَ rire, 47
ضَرورة ، ات nécessité, 17
ضرير aveugle, 187
ضَعْف faiblesse, 39
ضغَط ، ـَ
appuyer, presser, 77
ضمّ ، يضُمّ serrer, 179
ضيِّق ، ون étroit, 45

ط

طارَد ، يُطارِد
poursuivre, pourchasser,75
طالَب بـ ، يُطالب
réclamer, 63
طاف ، يطوف
parcourir, 115
طبّاخ ، ون cuisinier, 99
طرد ، ـُ chasser, 147
طعَن ، ـَ transpercer, 75
طفا ، يطْفو flotter, 125
طُفولة ، ات enfance, 141
طلاق divorce, 173
طمَر ، ـُ enfouir, 175
طَيْر ، طُيور
oiseau, volatile, 95

ظ

ظَلام ténébres, 31
ظلّ ، ظلال ombre, 159
ظلّ ، يظَلّ rester, 51
ظنّ ، يظُن croire, 19
ظَهْر ، ظُهور dos, 33
ظُهْر midi, 101

ع

عاتب ، ون reprochant, 61
عاتَب ، يُعاتب
faire des reproches 145

شراسة brutalité, 71
شَرّ ، شُرور mal, 129
شَرْقيّ ، ون oriental, 143
شريك ، شُرَكاء partenaire, associé,71
شُعاع ، أشِعّة rayon, 159
شَعَّ ، يشُعّ rayonner, 117
شَفة ، شفاه lèvre, 145
شقّ ، يشُقّ fendre, 163
شقيق ، أشقّاء frère, 175
شَكا ، يشكو se plaindre, 145
شَكّ ، شُكوك doute
لا شَكَّ pas de doute, 155
شكَ ، يشُكّ douter, 189
شَكل ، أشكال aspect, forme, 19
شَلَّ ، يشُلّ paralyser, 141
شمْعة ، ات bougie, 131
شمَّ ، يشُمّ sentir (odeur), 177
شَهْر ، أشْهُر mois, 61
شهْق ، – sangloter, 151
شَهْوة ، ات désir, 153
شَهِيّ ، ون tentateur, plein de désir, 145
شَوْق ، أشْواق désir, nostalgie, 147
شَيْئاً فَشيئاً peu à peu, 117
شَيْخ ، شُيوخ vieux, 125
شَيطان ، شياطين satan, 127

ص

صاحب ، أصْحاب patron, propriétaire, 31, ami, 85
صالِح ، ون bon, 157
صامِت، ون silencieux, 17
صَبْر patience, résignation, 155
صَبِيّ ، صِبْيان garçon, 61
صَحراء ، صحارى désert, 115
صَحْن ، صُحون assiette,189
صَحْن ، صُحون cour intérieure, 119
صَخْر ، صُخور roche, 119
صدَّ ، يصُدّ repousser, 147
صدْر ، صدور poitrine, 73
صرْخة ، ات cri, 35
صفَّق ، يُصَفِّق applaudir, 47
صَلاة ، صَلَوات prière, 89
صلة ، ات lien, 179
صَليب ، صُلْبان croix, 151

س

سُؤال، أَسْئِلة — question, 97
سأل ه ، ـَ — demander, 17
سأَم — lassitude, 155
سابِق ، ون — précédant, 161
ساحة ، ات — place, 83
ساذَج ، ون — naïf, 109
ساكِن، سُكّان — habitant, 117
ساهِر ، ون — veillant, 157
سبيل ، سُبُل — fontaine, 39
سجّادة ، ات — tapis, 185
سِجْن ، سُجون — prison, 41
سَحابة ، سُحب — nuage, 125
سحَب ، ـَ — tirer, 55
سرى ، يسري — courir à travers, 115
سُرْعة ، ات — vitesse, 189
سِرقة ، ات — vol, 37
سَعادة — bonheur, 177
سُعال — toux, 91
سَعَل ، ـُ — tousser, 77
سَفْح ، سُفوح — pente 119
سَفير ، سُفَراء — ambassadeur, 99
سَقْف ، سُقوف — plafond, 125
سكْران ، سَكارى — ivre, 49
سِكّينة ، سَكاكين — couteau, 143
سَلّة ، سلال — panier, 123
سُلّم ، سَلالم — escalier, échelle,33
سلَفاً — à l'avance, 57
سَماء ، سماوات — ciel, 31
سميك ، سماك
سميكة ، ات — épais, 121
سور ، أسْوار — muraille, 115
سيرة،سِيَر — biographie, 121
سيّارة أُجْرة ، سيّارات أُجرة — taxi, 177

ش

شاء ، يشاء — vouloir, 85
شابّ ، شَبابْ — jeune, 125
شاحبة ، ون — pâle, 185
شامِخ ، ونِ — altier, 117
شبّه ، يُشبّه — comparer, 183
شبَكة ، شِباك — filet, 187
شبْه — presque
شِبْه ضرير — presque aveugle, 187
شجاعة — courage, 39
شخْص ، أشخاص — personne, 19

ذُهِلَ ، يُذهَل être stupéfait, 95
ذِهْن ، أذْهان esprit, 129
ذُهول stupeur, 41
ذَوق ، أذْواق (bon) goût, 99

ر

رائحة ، رَوائِح odeur, 143
راوَد ، يُراوِد assiéger, 147
ربا usure, 15
ربّ ، أرْباب seigneur, 31
رجا ، يرجو prier, souhaiter, 103
رَجُل ، رِجال homme, 29
رَحْب ، رِحاب vaste, 83
رحِم ، أرْحام matrice, 167
رحِم ، ـَ avoir pitié, 147
رداء ، أردِية froc, 165
ردّ ، يرُدّ répondre, 181
ردّد ، يرَدِّد répéter, 123
رسم ، ـُ dessiner, 121
رضِي بـ ، يرضى accepter, 179
رُعْب frayeur, 53
رعشة ، ات frisson, 145
رفَض ، ـُ refuser, 51
رفَع ، ـَ soulever, 51
رقَبة ، رِقاب cou, 171
رقَد ، ـُ se coucher, 35
رقَص ، ـُ danser, 95
ركَض ، ـُ courir, 107
ركَع ، ـَ s'agenouiller, 133
رُكْن ، أرْكان coin, 145
رمَق ، ـُ regarder du coin de l'œil, 51
رنين tintement, 53
روى ، يروي raconter, 29
رِواق ، أروِقة allée, 125
روح ، أرْواح esprit, 147
روحيّ ، ون spirituel, 89
رُوَيْداً رُوَيْداً peu à peu, 77
رِيبة soupçon, 21
ريح ، رياح vent, 115
زار ، يزور rendre visite, 15
زبد écume, 131
زِفاف mariage, 91
زفَر ، ـِ soupirer, 171
زُقاق ، أزِقّة ruelle, 45
زميل ، زُمَلاء compagnon, 157
زنْد ، زُنود bras, 183
زهْرة ، زُهور fleur, 87
زوبعة ، زَوابِع ouragon, 137
زَوْج ، أزْواج mari, 91
زيتون olivier, 87

خفّة agilité, 189
خِلاف ، ات désaccord, 179
خلْسَةً en cachette, 175
خلّص ، يُخَلّص sauver, 95
خلّف ، يخلّف laisser après lui, 89
خلَع ، ـَ enlever, 55
خَمرة ، خُمور vin, 133
خَنْزير، خنازير porc, 131
خَيْبة déception, 67
خُيِّل إليهِ ، يُخَيَّل s'imaginer, 47
خيَّم على ، يُخَيِّم planer, 179
دائِرة ، دوائِر cercle, 189

د

دار ، يدور faire le tour, 41
دار ، دور maison, 87
داخ ، يدوخ avoir la tête qui tourne, 55
داهَم ، يُداهِم envahir, investir, 75
دبّ ، يدُبّ ramper, 103
دُخول entrée, 85
درِى ، يدري savoir, 19
درج ، أدْراج escalier, 173
درَجة ، ات marche, 173
درس ، ـُ préparer sa leçon, 183
دسّ ، يدُسّ glisser, 59
دعا ، يدعو inviter, 127
دفْء chaleur, 143
دَفَن ، ـِ enterrer, 21
دقّ ، يدُقّ battre, 173
دَمْع ، دموع larme, 179
دنا من ، يدنو s'approcher, 73
دُهِش ، يُدهَش être stupéfiait, 39
دَولة ، دُوَل état, 99

ذ

ذاب ، يذوب fondre, 185
ذاتَ مساء un soir, 17
ذات يومٍ un [beau] jour, 21
ذراع ، أذْرُع bras, 75
ذَرَع ، ـَ arpenter, 159
ذُعْر terreur, 141
ذِكْرى (f) ذكريَات souvenir, 23
ذَقْن (f) ، ذُقون menton, 55
ذهَب or, 53

حُزمة ، حُزَم paquet, 121

حُزن ، أَحْزان tristesse, 37

حسِب ، ـِ imaginer, supputer, 85

حسَد ، ـِ envier, 177

حطام ruine, débris, 81

حَظّ ، حُظوظ chance, 87

حفظ عن ظَهْر القَلْب ، ـَ ، connaître par cœur, 133

حفِظ غَيْباً retenir par cœur, 175

حكاية ، ات histoire, 29

حَلْيَة ، حلى bijoux, 37

حَلْق ، حُلوق gorge, 189

حلم ، ـُ faire un rêve, 17

حُلْوَ ، ون doux, 167

حمى، يحمي protéger, 163

حماس enthousiasme, 57

حُمّى fièvre, 133

حَنان tendresse, 177

حنَق exaspération, 71

حُنُوّ tendresse, 63

حنين nostalgie, 89

حيا ، يحيا vivre, 153

على قَيْد الحياة en vie, 95

حيوان m ، حيوانات animal, 115

خائف ، ون avoir peur, 133

خاصِرة ، خَواصِر côté, 75

خاصّ ، ون propre (à lui), 165

خال ، أَخْوال oncle maternel, 95

خ

خان ، يخون trahir, 31

خُبْث perversité, 155

خُبْز pain, 119

خجَل timidité, 173

خَدّ ، خُدود joue, 191

خُروج sortie, 83

خَريف automne, 143

خِزانة ، خَزائِن armoire, 171

خشِن ، ون rauque, 47

خشِي ، يخشى craindre, 71

خَصْر ، خُصور taille, 67

خُضرة herbes, verdure, 83

خَطَر ، أَخْطار danger,141

خَطّ ، خُطوط calligraphie,135

خَطْوة ، خُطى pas, 45

خَطيئة ، خَطايا péché, 125

خفَض ، ـِ baisser, 107

جرَّب ، يجرِّب éprouver, 89, tenter
جرَّ ، يجُرّ tirer, 51
جَرّة ، جِرار jarre, 53
جرس ، أَجراس cloche, 91
جريمة ، جرائِم crime, 31
جِسْم ، أجْسام corps, 117
جَعَل ، – se mettre à, 37
جِلْباب النَّوم chemise de nuit, 35
جنّة ، ات paradis, 85
جَنوب sud,
جُنَيْنة ، ات jardin, 59
جُهْد effort, 181
جَهير ، ون sonore, 125
جوع faim, 13
جيب ، جُيوب poche, 73

ح

حائط ، حيطان mur, 69
حاجِب ، حواجب sourcil, 171
حادّ ، ون aigu, 107
حارّ ، ون chaud, 127
حارة ، ات quartier, 15
حاسِر الرَّأْس nu de tête, 105
حاسَّة ، حوَاس sens (les 5), 179
حاوَل، يُحاوِل essayer, 173
حِبر encre, 121
حبس ، – retenir, 173
حبيب chéri, aimé, 93
حتْماً fatalement, 57
حِجاب ، أَحجِبة voile, 191
حَجَّ ، يحُجّ faire le pélérinage, 87
حَجَر ، حجارة pierre, 83
حُجْرة ، اَت pièce, salle 37
حدث ، – se passer, 55
حدَث ، أحْداث événement. 175
حَدّ ، حُدود frontières, 105
حدّق في ، يُحَدِّق fixer du regard, 39
حَديث récent, moderne, 29
حِذاء ، أحْذِية chaussure, 191
حذَر prudence, 15
حرِج ، ون embarrassant, 177
حرَس ، – surveiller, 93
حرَق ، – brûler, 19
حَركة ، ات mouvement, 69
حريريّ ، ون soyeux, 115
حِزام ، أَحْزِمة ceinture, 49
حَرب f ، حُروب guerre, 105

s'estomper, 23

تِلْقائِيّاً
spontanément, 181

تِلْوَ
après, 183

مَا تَمالَك أن ، لا يتَمالك
ne pas s'empêcher de, 141

تَماماً
exactement, 175

تَمْتَم ، يُتَمتِم
murmurer, 31

تمدَّد ، يتمدَّد
s'étendre, 55

تمَدُّن
savoir-vivre, 99

تمنّى ، يتَمَنّى
souhaiter, 177

تناثَر ، يتَناثر
se disseminer, 115

تَنادى ، يتَنادى
s'interpeler, 127

تناوَل الطعام ، يتَناوَل
prendre le repas, 101

تنبَّهَ ، يتنَبَّه إلى
avoir l'attention, attirée vers, 21

تَنَحْنَح ، يتنَحْنَح
toussoter, 111

تنَهَّد ، يتنَهَّد
soupirer, 155

تهدَّل ، يتهَدَّل
pendre, 75

تهديد m ، ات
menace, 157

تهَلَّل ، يتهلَّل
exulter, 69

تواثب
sauter, 75

توَجّه إلى ، يتوَجَّه
se rendre à, 125

توَسَّل ، يتوسَّل
supplier, 175

توَهَّج ، يتوَهَّج
briller, 77

توَهَّم ، يتوَهَّم
s'imaginer, 109

ث

ثَدْي ، أَثْداء
sein, 59

ثُعْبان ، ثَعابين
serpent, 39

ثُقْب ، ثُقوب
trou, 189

ثِقَل ، أَثْقال
poids, 149

ثَمَّ
là

ثمَّ + اسم مرفوع
il y a.. 139

ج

جاء بـ ، يجيء
ramener, 65

جار ، جيران
voisin, 35

جاع ، يجوع
avoir faim, 61

جاهل ، ون
ignorant, 109

جدارَ . جُدران
mur, 17

جَذَب ، ـِ
entraîner, traîner, 29

تجرّأ على ، يتجرّأ
oser, 89

تحدّي ، ات défi, 55

تحرّك ، يتحرّك
bouger, 17

تحْقيق ، ات enquête, 35

تحيّة ، ات salut, 99

تخدّر ، يتخدّر
être anesthésié, 179

تدخّل ، يتدخّل
intervenir, 179

تذكّر ، يتذكّر
se rappeler, 33

تراجع ، يتراجع
reculer, 73

تردّد على ، يتردّد
se rendre régulièrement 37

تردّد ، يتردّد
se répercuter, 141

ترنّح ، يترنّح tituber, 69

تزوّج ، يتزوّج
se marier, 15

تساءل ، يتساءل
se demander, 39

تسلّل ، يتسلل
s'infiltrer, 143

تسمّر ، يتسمّر
rester cloué, 31

تصدّق ، يتصدّق
faire l'aumône, 21

تصرّف ، يتصرّف
se comporter, 175

تصرُّف ، ات
comportement, 173

تضاعف ، يتضاعف
se redoubler, 51

تضْفير
tresser (inf). 171

تعَب ، أتْعاب fatigue 155

تعثّر ، يتعثّر
trébucher, 191

تعذّب، يتعذّب souffrir, 61

تعذّر عليه ، يتعذّر
lui être impossible, 177

تعِس ، تُعساء
malheureux, 129

تغطّى ، يتغطّى
se couvrir, 81

تغيّر ، يتغيّر changer, 17

تفكير penser (inf.), 127

تقيّ ، أتْقياء pieux, 39

تقيّأ ، يتقيّأ vomir, 77

تكرّر ، يتكرّر
se répéter, 19

تكلّم ، يتكلّم parler, 111

تكوّم ، يتكوّم
s'entasser, 115

تلاشى ، يتلاشى

انفصال séparation, 173

انكَسَر ، ينكَسر
se briser, 141

أنيق ، ون élégant, 97

أهْدى ، يُهدي offrir, 151

اهتمام ، ات intérêt, 19

أوْشَك أن ، يوشك
être sur le point de, 47

أيْقَن ، يوقِن avoir la
certude 181

أيقَظ ، يوقِظ réveiller, 55

إيّاك أن gare à toi, 67

ب

بئْر ، آبار puits, 119

باطل ، ون futile, 145

باقةَ ، ات bouquet, 185

بحَث عن ، – chercher, 63

بَحْر ، بُحور mer, 109

بدأ ، – commencer, 35

بدا ، يبْدو paraître, 37

بِذرة ، بُذور graine, 119

برَق ، – luire, 187

برْميل ، براميل
tonneau, 55

بُرْهة ، ات instant, 99

بَزَّة ، ات uniforme, 97

بسيط ، بُسطاء

بسيطة ، ات simple, 111

بُطْء ، (بِـ) lentement, 151

بعيد ، ون lointain, 141

بكى ، يبكي pleurer, 155

بلَغ ، – attendre, 17

بلَّغ ، يُبَلِّغ informer,
transmettre, 23

بناء ، أبْنية batisse, 115

بُنْدُقيّة ، بنَادِق fusil, 93

ت

تأمَّل ، يتَأمَّل
contempler, 179

تأنيب الضَمير
remords, 89

تأوّه ، يتأوّه gémir, 137

تابَع ، يُتابِع suivre, 37
poursuivre , 51
37

تاه ، يتوه errer, 179

تبادَل ، يتَبادَل
s'échanger, 85

تَباهى بِـ ، يتَباهى
se vanter, 95

تبَرَّع بِـ ، يتبَرَّع
faire don, 33

تثاءَب،يتَثاءَب baîller, 57

أعْمى، عُميان aveugle, 175
عمياء ، عمْياوات

إعْياء épuisement, 57

أغمَض عَيْنَيْه ، يُغْمض
fermer les yeux 177

أغَنّ nasillard, 145

أفْضى إلى ، يُفْضي
mener à, aboutir à 97

أفْلَت ، يُفلت lâcher, 53

أقام في ، يَقيم
habiter, 179

أقام هُ ، يُقيم dresser, 23

أقْبَل ، يُقبِل venir,
arriver, 57

أقْبَل على ، يُقبل
se mettre à, 135

اقترَب ، يقترِب
s'approcher, 51

أقْدَم على ، يُقدِم
procéder à, 65

أقْسَم ، يُقسم jurer, 173

اكتَشَف ، يكتَشف
découvrir, 177

أكْذوبة ، أكاذيب
mensonge, 145

الْتَقى بِـ ، يلتَقي
rencontrer, 39

التَصَق بـ ، يلْتصق
se coller 75

التَمَس ، يلتَمس
rechercher, 143

ألقى ، يُلقي jeter, 91

ألَم ، آلام douleur, 93

ألَمّ به ، يُلِمّ الخطر
être proche de lui, 141

أماميّ ، ون de devant, 51

امْتحان ، ات épreuve, 33

امتَعَض ، يمتَعض
être contrarié, 139

أمَر ، ـُ ordonner, 19

امْرأة ، نساء femme, 29

أمسَك بـَ ، يُمسك
attraper, 51

أُمّة ، أُمَم nation, 99

انتَحَب ، ينتَحب
fondre en larme, 93

انْتَشر ، ينتَشر
se répandre, 35

انتَفَض ، ينْتفض
sursauter, 157

انتهى من ، ينتَهي
terminer, 135

انصَبّ ، ينْصَبّ
couler, 189

انْعَقَد ، ينعَقد se nouer 187

انفَتَح ، ينفَتح s'ouvrir 165

انفجَر ، ينفَجر exploser,
145, jaillir, 161

أَزْمة ، ات crise, 135
استَأْنَف ، يستَأنِف
reprendre, 179
استَحال ، يسْتَحيل
se transformer, 135
اسْتَدار ، يستَدير
se retourner, 53
استَدْرَج ، يستَدْرِج
amener progressivement 97
استَسْلَم ، يستَسْلِم
s'abondonner, 153
استَلْقى ، يستَلقي
s'allonger, 183
استَطاع ، يستَطيع
pouvoir, 21
استَطْرَد ، يستَطرِد
reprendre la parole, 23
استَعاد ، يستَعيد
reprendre, 181
استَعْجَل ، يستَعْجِل
se précipiter, 93
استَغفَر ، يستَغْفِر
demander pardon, 133
استِفْزازيّ ، ون insidieux, provocateur, 97
استَنَد إلى ، يستَنِد
s'adosser, 153
اسْتِياء
mécontentement, 69
أسَرَّ ، يُسِرّ confier, 175
أسرَع ، يُسرِع
se précipiter, 177
إسْفَلْت goudron, 83
أشار إلى ، يُشير
montrer, 81
إشارة ، ات signe, 93
اشتَدّ ، يشْتَدّ monter, s'intensifier 71
اشتَعل ، يشتَعل
s'embraser 21
أشْرَف على ، يُشرِف
surplomber, 93
إصْبَع ، أصابِع doigt, 75
اصْطَدَم بِـ ، يصطدم
cogner, 75
أصْفَر ، صُفْر jaune, 45
صَفْراء ، صَفْراوات
اضطَرَب ، يضطَرب être troublé 181
أطْفَأ ، يُطفِئ éteindre 55
أطَلّ على ، يُطلّ
donner sur, 81
أطْلَق ، يُطلق
laisser échapper, 83
أعاد ، يُعيد refaire, 187
اعْتَرَف بـ ، يعتَرِف
reconnaître, avouer, 39
أعَدّ العُدّة ، يُعدّ
se préparer, 127

ء / ا

آدَمي ، ون — humain 167

آلة ، آلات — machine 189

آيَة ، ات — signe, miracle 127

ابتسامة ، ات — sourire 101

ابتَسم ، يبتَسِم — sourire 19

ابتَعَد ، يبتَعِد — s'éloigner, 103

إبْريق ، أباريق — cruche 189

إبْط ، آباط — aiselle 171

أبْلَه ، بُلْه — abruti 139

اتَّسَع لـ ، يتَّسِع — être assez large pour 83

أثار ، يُثير — provoquer, 83

أثَر ، آثار — trace, 173

أجْبَر ، يُجبِر — obliger, 175

اجتَرّ ، يجتَرّ — ruminer, 143

اجتَمع ، يجتَمِع — se rassembler 85

أجْر ، أُجور — salaire, 33

أُجرة ، أُجَر — loyer 63

أجْنَبيّ ، أجانِب — étranger 101

أحاط ، يُحيط — entourer 49

أحَسَّ ، يُحِسّ — sentir, 51

أحْضَر ، يُحضِر — amener, 57

أحْكَم ، يُحكِم — (faire) soigneusement 143

أَحْمَق ، حُمْق ، حَمْقاء ، حَمْقَاوات — idiot, 137

أَحْياناً — parfois, 119

اخْتار ، يخْتار — choisir 33

اختَرَق ، يختَرِق — franchir 15

اختَفى ، يختَفي — disparaître 173

اختَلَط ، يختَلِط — se brouiller 89

اختَنَق ، يختَنِق — s'étouffer, périr 131

أدّى ، يُؤَدّي — faire, accomplir, 123

أدرَك ، يُدرِك — saisir, 109

أذى — dommage, mal 187

أذَّن ، يُؤَذِّن — appeler à la prière 29

أذِن ، ـَـ — permettre, 81

أرَاح ، يُريح — reposer, 155

ارْتِباك — embarras, 173

ارْتَدى ، يرتَدي — porter (un habit), 49

ارتَعَد ، يرتَعِد — trembler, 53

ارتَعش ، يرتَعِش — trembler, 135

أردَف ، يُردِف — ajouter, 57

أَرْمَلة ، أرامِل — veuve, 31

ازْداد، يزْداد — augmenter, 47

LANGUES POUR TOUS

L'anglais tout de suite ! *pour arabophones*

ANGUE
POUR TOUS

Grammaire de l'arabe d'aujourd'hui

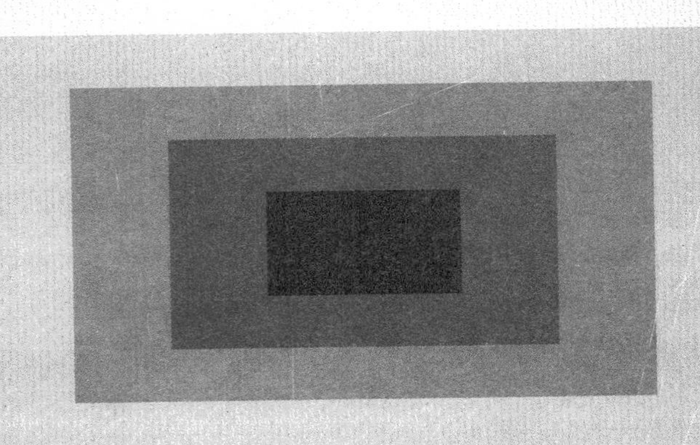

L'arabe tout de suite !

العربية

Pour être rapidement opérationnel

40 LEÇONS
pour parler arabe

L'ARABE POUR TOUS

العربية

POCKET

Imprimé en France par

à La Flèche (Sarthe)
en mai 2010

POCKET – 12, avenue d'Italie - 75627 Paris cedex 13

N° d'impression : 58173
Dépôt légal : décembre 2005
Suite du premier tirage : mai 2010
S15061/03